钟摆下的歌吟

阿克梅派诗选

[俄] 古米廖夫
阿赫玛托娃
曼德尔施塔姆 著

杨开显 译

北京出版集团公司
北京十月文艺出版社

Contents // / 目 录 /

古米廖夫

Contents　　//

/ 目 录 /

阿赫玛托娃

Contents //

/ 目 录 /

Contents   //

/ 目 录 /

曼德尔施塔姆

Contents　　//

Contents //

序

阿克梅派的华彩和悲怆

在世界文学史上，阿克梅派可能是最小的一个重要诗歌流派，但按成员组成，也许又是最杰出的一个诗歌流派，同时也是最悲惨的一个诗歌流派。阿克梅派诗歌是西方现代主义文学一道亮丽但却染血的风景，它与象征派诗歌、未来派诗歌、意象派诗歌等交相辉映。

"阿克梅"一词源自希腊语，有"巅峰""顶端""极端""最高级"之意。

阿克梅派是以象征派的继承者和反叛者的双重面目出现的，他们在 1909 年年底创办的《阿波罗》杂志上，开始了这种由继承到反叛的过渡。这些未来的阿克梅派诗人在该杂志发表诗歌作品近两年后，由古米廖夫和戈罗杰茨基倡议，于 1911 年秋成立"诗人车间"，并创办了自己的刊物《极北乐土》和极北乐土出版社，用以发表

"诗人车间"成员的诗作和出版他们的诗集。

1912年12月，在"诗人车间"的基础上，最终形成了阿克梅派这个新锐的文学团体。其主要成员大多为世纪之交前后出身于贵族的青年诗人。他们在"流浪狗"咖啡馆聚会，古米廖夫作了《象征主义的遗产与阿克梅主义》的发言，戈罗杰茨基作了《俄罗斯现代诗歌中的几个流派》的发言。这两个发言旋即发表在《阿波罗》杂志1913年第一期上，作为阿克梅派的宣言。不知什么原因，曼德尔施塔姆同样具有宣言性质的文章《阿克梅主义的早晨》却没有发表，直到六年后才发表在沃罗涅日的《汽笛》杂志上。

以古米廖夫为首的这个新流派亮出阿克梅主义的旗帜，是为了革新美学和象征主义诗学，以新锐的、向上的阿克梅主义，取代陈旧的、衰落的象征主义，提倡为艺术而艺术，攀登艺术真理的最高峰。他们抛弃象征主义对神秘和不可认知的追求，表示要回到物质的现实世界，主张鲜明性、清晰性和具象化，竭力表现有声有色有味有感的社会和人世，反对迷恋神秘的来世，追求诗歌的新意、美感和感染力，提倡"返回"人世间，"返回"物质世界，赋予诗歌创作以明确的含义，拓展艺术的视域，高扬艺术的理想。

在这些思想的指导下，阿克梅派诗歌取得了很高的艺术成就，具有很高的审美价值。他们营造出一种多重色彩和形状的、富有立体空间感的诗境，创造了一个可以具体感知的物象世界；他们摒弃象征派的隐喻、暗示和含混，恢复语言文字的准确意义，追求雕塑式的艺术形象和预言式的诗歌语言；他们的诗作大多艺术均衡、形式精美、形象生动、线条清晰、语言凝练，音步音节整齐或富有规律性变化，音韵优美和谐、抑扬顿挫、富有音乐性。

阿克梅派这种推行清新明洁的诗风，以具体代替抽象的标新立异和诗艺创新，是贯穿着一条唯美主义和为艺术而艺术的玫瑰色红线的。他们虽然说要"返回"人世间，要"返回"物质的现实世界，但他们的诗歌创作表明他们对人世间并不很了解，而是游离于社会风暴之外。他们的诗不是"下里巴人"的大众艺术，而是"阳春白雪"的小众艺术。由此也表明阿克梅派是一个贵族化的小型艺术家团体。

"诗人车间"刚成立时，围绕在古米廖夫周围的人并不少。但阿克梅派形成后，其主要成员只有六位：古米廖夫、阿赫玛托娃、曼德尔施塔姆、戈罗杰茨基、津克维奇、纳尔布特。可是不久以后，戈罗杰茨基与古米廖夫分道扬镳，津克维奇和纳尔布特也离开了这个团体。阿赫玛托娃在说到这个团体时，实际上指的是只包括三位诗人的联盟，古米廖夫死后，则是两个人无休止的对话。因此，能够代表阿克梅派的，无疑就是该派中的核心人物——古米廖夫、阿赫玛托娃和曼德尔施塔姆。可以说，读了这三位诗人的诗歌，对整个阿克梅派就会了然于胸。

这本诗集选取了三位诗人共计134首抒情诗，读者将会从中读到既与西欧、北美诗人诗风不同，又与中国、亚洲诗人诗艺迥异的优秀抒情诗。

古米廖夫是阿克梅派的创始人和领袖，自然也是阿克梅派的代表诗人。他早年受西方哲学和法国文学的影响，形成自己的文学观念和文化思想。他性格执着，勇敢坚定，颇为自信和自负，喜欢扮演征服者的角色。因此，他是作为征服者的歌手而登上俄罗斯诗坛的。他向往航海、探险，向往到异国旅游和建功立业，几次深入非洲腹地，不畏艰辛，探险猎奇；又勇敢地奔赴第一次世界大战的战场，英勇杀敌，建立功勋。所以，他的诗歌既呈现出绚丽的异国风情和对异国土地的思念（他是第一个把奇特的非洲风情写进俄罗斯诗歌的诗人），也表现出战争中的英雄情怀和战争的残酷及不人道的一面。当然，爱情和感情的纠葛也是他吟咏的主旋律之一。

古米廖夫的诗形式壮美，色彩斑斓，音调铿锵，形象富有动感，是20世纪俄罗斯浪漫主义文学和现代主义文学的一座高峰，不提及古米廖夫，不提及他的诗，20世纪的俄罗斯诗歌史是不完备的。

但是在非常时期，古米廖夫被指控参加了反苏维埃的阴谋活动，遭到逮捕，并被草率处决。俄罗斯的文坛被罩上厚重的阴霾，并溅上他的鲜血，这颗桀骜不驯的冤魂在俄罗斯的上空久久盘桓不去。直到 65 年后，在古米廖夫诞生 100 周年纪念时，他才获得政治上的平反，并在 70 年后的 1991 年，最终获得法律上的平反。

阿赫玛托娃是阿克梅派的代表诗人。她诗歌的特点无疑是具有浓郁的抒情性，她有时用外在世界的形象来描绘人隐秘的内心活动，并细致入微地糅进简单的情节和微妙的细节。她的诗歌旋律夹杂着柔弱、私密、感伤和孤寂，有时也带一点病态，但同时也是仁慈、纯洁、高雅和坚韧的，常常也是富有同情心的。在她的诗中，妇女不只是被歌吟的对象，也是表达自己思想和意志的主角。她的诗风格简约，格律严谨，韵脚讲究，诗句短小精悍，句法结构简单。她怀着"具象化"的感情而"物质化"地创作的"室内抒情诗"，是世界文学的瑰宝。

可是，这样一位善良、高尚和充满爱心的诗人却遭到当局严厉的打压、批判和谩骂；前夫古米廖夫被枪决，儿子三次被捕，坐牢十几年，她在恐惧和苦难中度过大半生。1956 年，她被恢复名誉。在她逝世 22 年后的 1988 年，苏共中央撤销了联共（布）中央 1946 年关于《星》和《列宁格勒》杂志的决议（该决议曾点名批判阿赫玛托娃和左琴科）。阿赫玛托娃被誉为"俄罗斯诗歌的月亮"，而且是自古希腊的萨福以来世界女性诗歌的一座耸入云霄的高峰。诺贝尔文学奖评委会前主席埃斯普马克对阿赫玛托娃未获诺贝尔文学奖表示遗憾。

曼德尔施塔姆是阿克梅派的另一位代表诗人。他早年受法国象征主义影响，不久转向新古典主义，逐渐形成自己的独特风格。他的诗庄重典雅而又玲珑剔透，抒情状物精确简练，韵律优美考究，形式严谨，格律完美，节奏鲜明，音韵和谐，富有乐感。在阿克梅派诗人中，曼德尔施塔姆也许是最具有这一流派诗学特性的诗人。特别是在他出版《石头集》前后的一段时期，他尊崇古希腊、罗马文明，因而一些借自文学、艺术和历史的形象自然而然进入他的诗中，并散发出古老文明的气息；有时还有对历史和文学的回顾和反思。他的诗抒情色彩强烈，有对生命的丰富感受，有对自然现象的欣赏，但也不时流露出惶恐的心理和疲惫的生命感受，具有一种悲剧意识。当然，这与他的生活经历有关。

曼德尔施塔姆被阿赫玛托娃认为是阿克梅派的"首席小提琴"，他的诗是"诗中的诗"，是"潜在的文化金字塔"。他的诗歌艺术毫不逊色于20世纪西方最杰出的诗人，他是20世纪俄罗斯诗歌的一座高峰。1987年诺贝尔文学奖得主布罗茨基说，曼德尔施塔姆是比他更有资格获诺贝尔文学奖的诗人。事实上，诺贝尔文学奖评委会前主席埃斯普马克也曾对曼德尔施塔姆未获诺贝尔文学奖感到遗憾。

现实中的曼德尔施塔姆却一生坎坷，命运十分悲惨，数次被逮捕监禁流放，自杀未遂。最终，饥寒交迫和精神错乱的他，被残酷地迫害致死在狱中。1956 年获得平反，但仍留有尾巴。直到 1987 年，曼德尔施塔姆才再次得到平反，这一次是彻底的平反。

在世界文坛上，一个小小的流派，就出了一位影响俄罗斯乃至世界诗坛的大师，以及两位完全有可能获诺贝尔文学奖的大师，这在世界文学史上，恐怕是绝无仅有的。

阿克梅派的歌吟虽然渐行渐远，可它那华彩的乐章却愈益响亮，在世界诗坛上永不喑哑。但令人沉痛的是，三位诗人以其杰出的才华为自己的国家和民族作出了贡献，在世界文坛上为自己的国家和民族赢得了荣誉，却无情地遭到自己国家的打压、批判、逮捕、监禁、流放以致处决，给俄罗斯辉煌的白银时代蒙上了苦难的色彩，溅上了斑斑血迹，阿克梅派这道亮丽的风景成了一道染血的风景。

我们在欣赏这些优美而新奇的诗歌的同时，也应了解这三位诗人悲惨的命运，思索俄罗斯大地为什么孕育了那么多苦难的世界文学大师。

古米廖夫

（1886—1921）

俄罗斯诗人和诗评家、阿克梅派创始人。1921
年被指控参与反革命阴谋活动，被逮捕并处决，
1986 年获得政治上的平反，1991 年获得法律上的
平反。

主要作品有：《蔚蓝的星》《珍珠》《箭筒》
《征服者之路》和中国诗集《瓷亭》等。

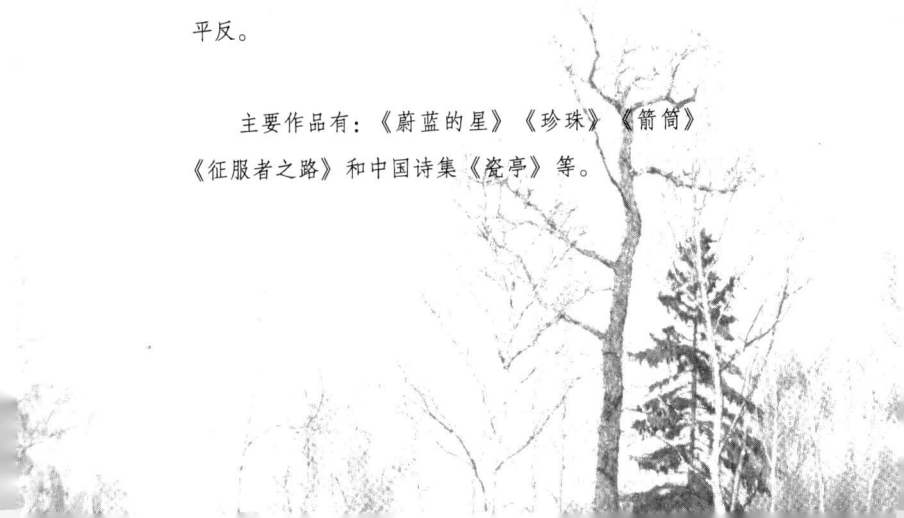

幽　会

今天你要来到我身边，
　　眼下我就会明白，
　　为什么月下形单影只
　　会显得那么奇怪。

你脸色苍白停住脚步，
　　轻轻地脱下雨衣。
　　明月从阴暗的密林中
　　是否也如此升起。

这月光让我心旷神怡，
　　而你又把我迷住，
　　那宁静、幽暗和命运
　　将使我感到幸福。

荒寂的森林中的野兽，
　　嗅到来临的春天，
　　谛听着时间的簌簌声，
　　望着月亮的容颜。

它又偷偷地溜进峡谷，
　　唤醒一茬茬夜梦，
　　还让自己轻捷的步履
　　跟随着月亮移动。

我很想像它一样沉默，
　　既有爱又有郁悒，
　　怀着不安的心情迎接
　　我的月亮我的你。

一转眼你就离我而去，
　　白天黑夜又来临，
　　但是被月儿点亮的心
　　镶嵌着你的倩影。

两个身体结合在一起，
　　而后又彼此分离，
　　但是夜深人静的爱情
　　像月亮永远绚丽。

那个时候我痛苦衰弱

那个时候我痛苦衰弱，
　我再也不把她爱上，
一双没有了血色的手
　就压在我的心坎上。

不知是谁悲伤的眼睛，
　轻轻地召唤我回去，
在冰冷的夜的黑暗中，
　充满冥冥中的哀乞。

而我又一次悲哀恸哭，
　诅咒完自己的生命，
吻那双没有血色的手，
　还有她平静的眼睛。

1904 年

我，一个披挂铁甲的征服者

我，一个披挂铁甲的征服者，
我正快乐地把那颗星星追缉，
我又穿过一个个深渊和绝谷，
在洋溢着欢乐的花园里歇息。

没有星辰的荒漠天空多黯淡！
雾霭升起，但我默然等待着，
我相信，我将找到我的爱情……
我，一个披挂铁甲的征服者。

如果星星连中午也缄默无语，
那我就构筑一个自己的美梦，
用战歌来关切让它魅力四溢。

我是悬崖和风暴永远的兄弟，
我把山谷之星和淡蓝的百合
镶嵌到威风凛凛的战斗服饰。

1905 年

查拉图斯特拉①的歌

力量、欢乐、幻想的
青春阳光的兄弟们，
我，蔚蓝的上苍之子，
敞开胸怀拥抱你们。

阴霾、坟墓和十字架
消失在神秘的黑暗。
那复苏的力量的光辉，
庄严地洒向人世间。

华彩的光环飞旋幻化，
上苍的欢乐多绚明；
我们将永远相逢在那
幻想的永恒幸福中。

---

① 查拉图斯特拉（公元前628—公元前551）：意即"老骆驼"，
又名琐罗亚斯德，古代波斯宗教的预言家、改革家。据说他20岁时
弃家修隐，后对波斯的多神教进行改革，创立了琐罗亚斯德教。

诗人一颗炽热的心儿，
　像铿锵的钢在闪耀。
苦难，从未经历光明！
　苦难，被悲伤笼罩！

1905 年

智慧的魔鬼

我的老朋友，我的忠实的魔鬼，
　　给我唱了一首歌曲：
"一个海员彻夜在深海航行，
　　他在黎明时分驶到了海底。

　　四周波浪涌动成围墙，
　　又退落了，泛起浪花，
他前面飞驰着伟大的爱情，
　　那爱情洁白得胜过浪花。

　　航行时他听到呼唤声：
'噢，相信我，我不会骗你……'
但请记住——智慧的魔鬼说话了——
　　他在黎明时分驶到了海底。"

　　　　　　　　　　1906 年

手　套

戴在我手上的一只手套，
我不想就这样把它摘下，
因为手套里藏有一个谜，
它把理智引入愚昧无知，
忆起它却使人感到甜蜜。

手上有恋人的手的感应，
纤细的手指的轻触曼抚，
一如我的听觉忆起歌声，
　忠实的朋友，雅致手套
留存着你的纤指的印痕。

如果每个人都有一个谜，
它把理智引入愚昧无知，
那我的手套就是我的谜，
我不摘下它直到再相会，
忆起它，我就感到甜蜜。

1907 年

梦　想

在已抛弃的破旧的住宅后，
残剩的赊购物品污损发黑，
老鸹正同衣衫褴褛的乞丐
闲扯着一件挺高兴的事儿。

总是焦躁不安的老鸹说道，
它有点儿发抖，因为激动，
它在塔楼的断垣残壁之上，
做了一个从未有过的美梦。

它说它在天上大胆地飞翔，
忘掉了对它们破屋的忧虑，
它变成温情脉脉的白天鹅，
丑陋不堪的乞丐变成王子。

浓重的夜幕降临了，乞丐
开始无力而又沙哑地哭泣，
这时一位从旁路过的老妪，
加快步伐胆怯地画着十字。

1907 年

我养的鲜花却不能成活

我养的鲜花却不能成活，
那瞬间的美丽使我迷惑，
花开一天两天就要凋落，
我养的鲜花却不能成活。

就是鸟儿我也难以养活，
夌着羽毛病恹恹喘又咳，
到早晨就变成羽毛一撮，
就是鸟儿我也难以养活。

我只有排成八排的书籍，
卷帙厚重，又默默无语，
守卫着自古以来的倦意，
好像那排成八排的牙齿。

记得旧书商卖给我书籍，
他既穷又有驼背的残疾……
卖书是为挣可恶的墓地，
记得旧书商卖给我书籍。

1910 年

这不止一次了

这不止一次了，还会有多次，
　我们暗中的争斗永不言败；
像往常一样今天你离我而去，
　明天我知道会温顺地回来。

但不要惊奇，我敌意的朋友，
　我的缠绕阴郁爱情的敌人，
如果爱的呻吟变成痛的哀泣，
　那些亲吻就变得鲜血淋淋。

1910 年

爱 情

骄傲如同少年的抒情诗人，
　不敲门就闯进了我的家，
不经意他就看出我的忧愁，
　这世界唯有他让我牵挂。

他啪的一声合上我的书本，
　摆一副任性诡异的做派，
跺了跺那一双亮丽的鞋子，
　勉强地发出声：我不爱。

他怎么敢如此地使着性子，
　那样粗鲁地玩宝石戒指！
他怎么敢把朵朵花儿撒满
　我的写字台和我的床第！

我又气又恼地走出了家门，
　可他却撵上我紧随其后，
用那一根令人吃惊的拐杖
　当当地敲打路面的石头。

我从那会儿变得疯狂起来，
　我怯于回到自己的房间，
　就对发生的事情念念不停，
　用他的那种无耻的语言。

1912 年

给一位姑娘

我并不喜欢您的娇慵无力，
　　那种让双手交叉的模样，
也不喜欢您的恬淡的谦虚，
　　还有给人以羞怯的惊惶。

屠格涅夫小说中的女主角，
　　您多娇柔、纯真和高傲，
您脸上的浓郁的静谧秋色，
　　来自落叶旋舞的林荫道。

在您还没有衡量和认可时，
　　对什么永远也不要相信，
如果地图上没有找到目标，
　　您永远也不要前往旅行。

而迥异于您的疯狂的猎人，
　　他登上那光秃秃的悬崖，
怀着酒后快意和莫名烦忧，
　　竟然把利箭射向那太阳。

1912 年

那人，别人

我等着，心中充斥着责怪，
　但等的不是快乐的妻子，
我们要亲切又倾心地交谈，
　谈那很久以前发生的事。

我等的不是情人：我烦了
　断续的絮语娇慵的目光，
而我已经习惯了欢乐喜庆，
　可更百倍习惯痛苦悲伤。

我等的是朋友，因为念及
　高处寂寞令我格外抑郁，
于是，在我的一生一世中，
　上帝就给了我这个赐予。

如果连接我们的那些理想
　已经被粗鲁地当作桎梏，
而永恒也被那短暂所取代，
　那将是怎样的恶毒冷酷。

1912 年

疑　惑

静静的夜里，我独自一人，
只把您思念，只是想着您。

我拿起书读到的却是"她"，
心灵重又陷入迷醉的激发。

扑向吱呀的床，枕头发烫，
不，我睡不着，我在盼望。

于是悄悄走到窗前望了望，
是烟雾缭绕的草地和月亮。

在花坛旁您对我说"好吧"，
这"好吧"对我永不喑哑。

突然理智抛给我一个答案，
温婉的您已不在我们中间。

您的"好吧"、激情和树旁的吻，
只不过是青春的梦话和梦境。

1912 年

两朵玫瑰

在极乐的伊甸园的门前，
　熠熠开着两朵玫瑰花，
可玫瑰，是情欲的象征，
　而情欲，是人间之花。

一朵是那么娇柔、粉红，
　像少女害臊于恋人前，
另一朵，紫色而呈绯红，
　爱情的火焰把它点燃。

两朵花开在知识的门槛，
　难道上帝是这样判定，
　就把那情欲燃烧的秘密
　并入到天国的秘密中?!

1912 年

在海上

日落。波浪宛如弧形的蛇，
　狂怒的波峰消失在海面，
　但是它却并没有奔驰而去
　触摸那坚不可摧的海岸。

　只有从远处挣扎着漫卷的
　　岩礁激浪如躁狂的疯子，
　信任着那团黑沉沉的雾气，
　　奔涌到滑溜光亮的礁石。

　它把一簇簇浪花掷向天空，
　在怒吼咆哮中断裂迸溅……
　但有一叶古罗马帆的扁舟，
　　欣然游弋在碧绿的海面。

　晒得黝黑的舵手灵巧麻利，
　　呼吸着漫延开来的雾浪，
　吞吐着绳子拽紧后激发的
　　令人神清气爽的松脂香。

1912 年

您不止一次地想起我吧

您不止一次地想起我吧，
我的整个世界动荡而荒诞，
荒诞的世界来自歌与火，
但是在别人却完全是诓骗。

它可以是您的也可不是，
它曾经对您不足或者过分，
也许，我的诗写得不好，
而依傍上帝请您却不公平。

但您每次无力地俯下身，
并且说道："我害怕回忆，
因为另一世界令我神往，
神往它的简单粗犷的魅力。"

1917 年

丁香花

从整整的一束丁香花中，
我只选了其中的一枝，
我整夜都在想着叶莲娜，
而后苦恼了整个白日。

我感到，这亲切的大地
消失在白色的浪花里，
湿润的丁香花正尾随着
一艘海船后展现风姿。

而就在火红的天的那边，
我爱情之梦中的姑娘，
闪着一双传情的大眼睛，
也正在把我思念想望。

心像儿童的皮球在跳动，
我兄弟般地信赖海船，
因为我爱恋着那位姑娘，
我对她的心永远不变。

1917 年

从未有过的体贴的愉悦

从未有过的体贴的愉悦，
轻轻触摸到我的肩膀，
而今我什么也不需要，
无论是你还是幸福都不想。

我若是不争地只接受一个——
那祥和、平稳、金子般的宁静
与一万二千英尺的大海
就悬在我被洞穿的头顶。

假如我只是从来没有生活过，
也从来没有歌唱和恋爱过，
似乎那宁静甜蜜可人，长久的喧哗
令人心烦，那还要想什么？

1917 年

出 游

我们飞奔在明亮的林荫道，
我们飞奔在汪汪水域旁，
金黄色的树叶枯萎凋落到
还在睡梦中的蓝色水塘。

她把自己的一切向我吐露：
理想和思考，甚至怪癖，
包括一个姑娘所能想到的
还无人知晓的爱情秘密。

她说："对，爱情是自由的，
人在恋爱中也完全自由，
不过只有美好高尚的心灵，
才能爱得天长爱得地久。"

我望着她一双大大的眼睛，
我盯着这张可爱的脸蛋，
在她背后，金色的树与水
交相辉映成了一个圆环。

我思忖："不！这不是爱情！
像林中之火，爱情在命运中，
　因为哪怕是没有您的回答，
　从今往后我也注定属于您。"

1917 年

心儿搏击了长长的时日

心儿搏击了长长的时日，
岁月却疲惫得睁不开眼睛，
我想，我的声音消失了，
我的嘹亮的声音成为永恒。

但是，您把它还给了我，
于是它重又成为我的宝藏，
重又在我的脑海中闪现
百合花和蓝色宇宙的辉煌。

在这个自由自在的国度，
条条道路我都是那么熟悉……
可您的天生娇贵的玉足，
奔走忙碌会使您痛苦不已。

一个凶狠的钟摆式人物，
掌握着我们的前途和命运，
他的来回如同一柄宝剑，
就在快乐与痛苦之间折腾。

那一刻我满足我的歌唱，

可对于您，却是痛苦郁悒……

您快活，我却感到遗憾，

为我诞生的日子而惋惜。

1917 年

有很多人

　　有很多人，在恋爱之后，
聪明的就为自己建屋造房，
　　在他们的那些福地旁边，
玩闹的孩子跟着畜群游荡。

　　另一些人，恋爱很残酷，
老是些令人不快的答和问，
　　脾气火暴，又大声吼叫，
像刺耳马蜂狠毒的嗡嗡声。

　　而有的人，恋爱像唱歌，
唱歌就像把节日美美庆祝，
　　躲进那童话般的世界里；
还有的人，恋爱好像跳舞。

　　姑娘，若恋爱，请回答：
你是否正让某种倦意困扰？
　　你所熟悉的心底的情焰，
难道你就能够不让它燃烧？

如果你出现在我的面前，
就像上帝辉煌夺目的闪电，
从今往后我燃烧的火焰，
将从地狱一直升腾到苍天。

1917 年

熬过多少年头

熬过多少年头，
我终于回到故里，
我一个流亡者，
受到人们的监视。

——我等待着你哟，
多么漫长的时日！
对于我的爱情，
已经没有了距离。

——在那异国他乡，
我的生命流失了，
可我并没留意
生命是怎样飞逝的。

——我的生命对我
是那么美满甜蜜，
我等待着你哟，
我梦中见到了你。

在我这里死去，

和在你那里死去——

死都微不足道，

只要我们在一起。

1921 年

你这不着边际地吹了一通

你这不着边际地吹了一通，
　　可姑娘却是容光焕发，
　　瞧，她梳着金黄色的鬈发，
　　像过节一样乐开了花。

她这去赴教堂的全套圣礼，
　　为你虔诚地祈祷祝愿，
你就成了她的温存的甘霖，
　　成了她的太阳和苍天。

她时轻时重又频繁地叹息，
　　眼神感到风暴而黯淡。
她仍送来玫瑰，你若愿意，
　　她就将会把生命奉献。

想　你

想你，想你，想你啊，
可对我，你并不动心！
在人类渺茫的前途中，
你的激情召唤我攀高峰。

你的心灵高贵而优雅——
犹如过去时代的徽章，
人间平庸的芸芸众生，
他们生命因你而高尚。

如果璀璨高傲的群星，
不再把光辉洒向尘寰，
那人间仍有两颗亮星——
你勇敢而高雅的双眼。

一旦金色的六翼天使，
待时间一到吹响号音，
我们把你洁白的头巾
就当作护符向他挥动。

颤抖的号音渐渐沉寂，

六翼天使在天上消隐……

想你，想你，想你啊，

可对我，你并不动心！

她

我认识一个女人：是沉默，
　闲话孳生的痛苦的疲倦，
　在这个女人放大的瞳孔的
　灵异的闪烁中时隐时现。

她的心灵渴盼着、敞开着：
　只为诗的洪钟大吕之声，
　面对人世间的快乐的生命，
　她显得那么冷漠和骄矜。

既悄无声息，又从容镇静，
　她步履的轻盈令人惊奇，
　或许不能说她有多么俊美，
　但她却有我全部的福祉。

在我渴望为所欲为的时候，
　就勇敢自负地朝她走去，
　可从她的慵困和呓语之中，
　感受智慧和甜蜜的痛苦。

她苦闷的时候却光彩照人，
闪电就掌握在她的手里，
她的梦清晰可辨，像黑斑
投影在美丽灼亮的沙地。

他们来到了河边

他们来到了河边，
看那落日的辉煌，
他们的威士忌泛着银光，
心却不能飞翔。

当他们还没有仰望星星，
把红火的晚会留意，
那一列长长的岁月，忧愁
和悲伤的岁月就已飞逝。

于是宽恕了所有的背弃，
忘记了所有的责备，
但愿只听取波浪的拍击，
还有大自然智慧的教诲。

这清澈明亮的水面
将永远摒弃专横的阴影。
两人在一起将永不分离，
但并不相信运气和福分。

在小树林，一个孩子、
马亚河可爱的兄弟，一边把弹弓准备，
一边嘲笑地把他们张望，
并不懂他们晶莹的眼泪。

美人鱼

——献给 A．A．戈连科①

美人鱼身上的项链华光闪耀，

颗颗宝石泛着魔鬼式的血红。

这是世界性的痛苦的醉酒后，

那荒诞的忧愁而又悲伤的梦。

美人鱼身上的项链华光闪耀，

颗颗宝石泛着魔鬼式的血红。

美人鱼的目光正在时隐时现，

那是深夜里渐渐幽微的目光，

当阵阵海风发出尖啸的声音，

目光就闪烁不定，时短时长。

美人鱼的眼睛使人神魂颠倒，

美人鱼的眼睛那么忧愁悲伤。

---

① A．A．戈连科：是阿赫玛托娃本来的姓，阿赫玛托娃是作为诗人后的笔名。古米廖夫在 1910 年与阿赫玛托娃结婚，1918 年离婚。

我爱她这位叫温迪娜①的少女，

她被夜的神秘罩上闪亮光轮，

我爱她如霞光般灿烂的目光，

爱这华美闪耀的红宝石珍品……

因为我自己也来自沉沉深渊，

来自深不可测的大海的底层。

---

① 温迪娜：中世纪传说中的水妖，常化为美女迷人，以歌声把人引入水底。

梦

一场噩梦把我惊醒了，
　我沉痛地呻吟叹气：
我梦见你爱上了别人，
　梦见他欺负委屈你。

我像凶手逃离断头台，
　迅速离开我的床头，
我看到路灯浊光闪烁，
　好像是野兽的双眸。

唉，也许没有哪个人，
　在夜里漆黑的街上
踟蹰徘徊，无家可归，
　像走在干枯的河床。

我这就站在你的门前，
　没有另外的路可行，
我知道，我永远不敢
　跨进你的这一道门。

我知道，他欺负了你，
虽然这只是一个梦，
但是在你关闭的窗前，
我仍然会抑郁而终。

电　话

电话响起了温柔的声音，
那么意外，又那么大胆——
在这飞离身体的话语中，
蕴含了多少和谐和香甜！

幸福啊，你亲昵的脚步，
并不是永远都绕道而行：
你的话筒里的声音比那
六翼天使的诗琴更动听！

融与合

皎洁的月亮升上了夜的穹隆，
她播撒清辉，怀着爱意而眠。

晚风一边沿着湖泊轻行曼舞，
一边亲吻着幸福愉快的水面。

啊，多么神奇美妙的融与合，
这天生的一对从古直到永远！

但是，虽然有这天生的一对，
人们要融合，却是难上加难。

不，什么也没有改变

不，什么也没有改变，
在贫乏和原生态的大自然，
只有无法描绘的美，
把万物辉映得奇妙绚烂。

人的瘦小孱弱的肉体，
想必就这样诞生在凡尘，
当上帝在最后审判的时刻，
向来自无比蒙昧的它发出号令。

知道吗？我高傲的温柔的朋友，
只有与你，与一个棕红头发的你，
与一个雪白肌肤的你在一起，
我才会很快成为真实的自己。

你微笑了，亲爱的人儿，
可你对自己知之甚少，
你一旦发光，你的周围，
怎样的黑暗也都得缩小。

阿
赫
玛
托
娃

(1889—1966)

俄罗斯诗人、阿克梅派代表诗人。1946 年因联共（布）中央做出批判决议被禁言，十年后恢复名誉。1964 年在意大利被授予"埃特纳·陶尔明诺"国际诗歌奖。

主要作品有：《黄昏》《念珠》《白鸟集》《安魂曲》《没有主人公的叙事诗》等。

Немудрено, что похоронным звоном
Звучит порой непокоренный стих...
Пустынно здесь! Уже за Флегетоном
Три четверти читателей моих.
А вы, друзья! — осталось вас немного,
Мне оттого вы с каждым днем милей.
Какой короткой сделалась дорога,
Которая казалася всех длинней. —

Анна Ахматова

被遗忘的四行诗

你的狂热的眼神，

和被冰封的言谈，

还有爱情的表白，

都是在初遇之前。

1909 年

有时我是否留在你身边

有时我是否留在你身边，

　有时你是否离我而去，

不过，我的可爱的天使，

　并没发生这样的分离！

不是古怪而费解的责备，

　不是慵困惆怅的叹息，

你平静而又灼人的目光，

　却引起我隐隐的恐惧。

1909 年

我写下了我想说的话

我写下了我想说的话，
这些话很久都不敢说出。
头痛虽然还不甚剧烈，
身子却奇怪地变得麻木。

远处的牧笛已经暗哑，
心中仍有那些未解之谜，
轻盈而又细碎的秋雪，
在槌球场上静静地栖息。

任残枝败叶簌簌作响！
任残思余念又憔悴不堪！
可我不想妨碍那个人，
他已经习惯于求乐寻欢。

我原谅了残酷的玩笑，
这发自他的可爱的嘴里……
啊，沿着初雪后的路，
您明天将来到我们这里。

客厅的蜡烛将被点燃，
白天烛光闪烁显得温馨，
那采自温室里的玫瑰，
整整一束将要带给我们。

1910 年

他爱过世上三件事

他①爱过世上三件事：
黄昏的歌、白孔雀
和破旧的美洲地图。
他不爱孩子的哭泣、
掺兑马林果的茶水
和女性的歇斯底里。
而我曾是他的妻子。

1910 年

---

① 他是指阿赫玛托娃的丈夫古米廖夫。两人 1910 年 4 月结婚，1918 年 4 月离婚。古米廖夫新婚不久，离家前往非洲。阿赫玛托娃为此写下这首诗。

如果天空没有月亮的漫步

如果天空没有月亮的漫步，
　那夜的印痕就渐渐冷淡……
我的悄无声息的丈夫来了，
　来把这些情书一一翻看。
在雕有花纹的橡木匣子里，
　他回忆起那隐秘的牢房。
戴镣的双脚挪动并敲击着
　地面，发出刺耳的声响。
他查看题了字的模糊花纹，
　在见面的时候对了对表。
迄今他所带走的那些苦难，
　难道说他还经受得太少？

1910 年

在白夜

噢，我还没有关上门，
　也没有把蜡烛点燃，
你不知道我多么疲倦，
　但是我并不想睡眠。

从日落针叶的昏暗中，
　看那光带渐渐消隐，
有一种声响令人陶醉，
　它就好像你的嗓音。

知道了一切都已不再，
　生活是万恶的地狱！
但是，你一定会回来，
　我对此哟深信不疑。

1911 年

心中太阳的记忆渐渐淡忘

心中太阳的记忆渐渐淡忘，
　　百草变得更黄。
风儿吹拂着一片片的初雪，
　　雪花勉强飘扬。

水在狭窄的沟渠不再流淌，
　　冰渐渐冻住水。
这里永不会发生任何事情，
　　啊，永远不会！

柳树在天空展开而成扇形，
　　梳出条条光线。
也许，我没有做您的妻子，
　　这更令人欣然。

心中太阳的记忆渐渐淡忘，
　　这怎样？黑暗？
或许！……只要黑夜一过，
　　就会降临冬天。

1911 年

老橡树①簌簌讲着过去的故事

老橡树簌簌讲着过去的故事，
月亮疏懒地伸开了光束。
我从来也没有幻想过
把你极其快乐的嘴唇碰触。

淡紫的围巾紧裹住苍白的额头。
你伴着我，我生着病，静待着，
手指开始发凉，并且颤抖。
你的双手正有这种敏锐的感觉。

我沉默了那么多苦恼的年头，
相见的痛苦还是不可避免。
因为我早就知道你的回答：
我爱着人，但不曾被人爱恋。

1911 年

_____

① 古米廖夫 1905 年春第一次向阿赫玛托娃求婚，遭到拒绝。
两人的约会在公园的一棵老橡树下。这首诗描述的就是当时的情景。

你又在我身旁

你又在我身旁，好玩的男孩哟！
我是否又像姐妹一样温柔体贴？
一只布谷鸟儿藏匿在老钟里面，
急急往外一瞧，说："是时候了。"

我关切地倾听那疯狂的故事。
你没有学会的只是沉默寡语。
我知道，像你这样，眼睛灰灰的，
会快乐地生活，轻松地死去。

1911 年

诀别之歌

我的步履还依然轻捷，
　可心儿无望地变凉，
我竟然把左手的手套
　戴到了这右手之上。

台阶好像有很多很多，
　可我知道只有三级！
秋天在槭树间低声地
　央求："与我一同死去！

我被那多变的失望的
　恶毒的命运所蒙蔽。"
我答道："亲爱的！我也是。
　我将与你一同死去……"

这就是一支诀别之歌。
　我望了望阴暗的房，
只见卧室里烛光摇曳，
　一片冷漠一片昏黄。

1911 年

爱　情

　时而像条小蛇盘成一团，
紧紧偎依着心田呼魔唤妖，
　时而像只小鸽子整天价
在白色的小窗不停地咕叫。

　时而在晶亮的霜里闪现，
好像沉浸于紫罗兰的梦境……
　但它却是忠实而神秘地
来自那欢乐和平静的引领。

　在忧伤小提琴的祈祷中，
它能如此甜蜜地号啕大哭，
　而在尚不熟悉的微笑里，
要把它猜出却又令人恐怖。

1911 年

房门儿半开半掩

房门儿半开半掩
椴树吹送着清香……
可马鞭儿和手套
却忘在了桌子上。

灯旁是一片黄昏……
我听到了簌簌声，
你为什么出走了？
我真不懂你的心……

第二天早晨来临，
喜气洋洋又放晴。
这生活多么美好，
心儿，祝你聪明。

你可耗尽了心力，
跳动得更低更轻……
你知道我爱看书，
书上说灵魂永存。

1911 年

埋 葬

我寻找一个地方建坟墓，
　你可知道哪里更明净？
田野上太冷，而海边的
　乱石堆里又不免凄清。

可是她已经习惯了寂静，
　并且喜欢明媚的阳光。
我要在墓上修一间小屋，
　就像我们多年的住房。

窗户之间将开一扇小门，
　室内再把长明灯点燃，
就宛如一枚黑色的心灵
　燃烧着红彤彤的火焰。

你知道病中的她念叨着
　那另一个世界的天空，
可僧侣责备道：那天堂
　对你们对罪人不开放。

而当时她痛得脸色发白，

"我随你去。"她低声道。

如今我们一起自由自在，

脚下是蔚蓝色的波涛。

1911 年

眼神迟疑地乞求着宽恕

眼神迟疑地乞求着宽恕。
当人家就在我的面前
说出那短而响亮的名字,
我应该对他们怎么办?

顺着挺拔的灰色树木边,
我走在野外的小路上。
露天下,清淡的风徐来,
带着春的清新和荡漾。

而倦怠惆怅的心听取着
有关远方的神秘音讯。
我知道他活着,呼吸着,
要做一个不悲伤的人。

1912 年

一个包皮的文具盒

——致尼古拉·古米廖夫

一个包皮的文具盒，几本书，
我就是这样从学校回到家里。
我的快乐的男孩，那些椴树
忠实地见证了我们俩的相遇。
不过，灰暗的小天鹅变成了
高傲美丽的白天鹅，而郁悒
用那不朽之光笼罩我的生命，
于是我就渐渐变得低声细语。

1912 年

我发出一个微微的笑容

我发出一个微微的笑容：
于是嘴唇就轻轻地抽动。
为了你，我让微笑长驻——
因为它是我爱情的付出。

我不在乎你爱上了别人，
也不在乎你无耻又凶狠。
我面前有金色的诵经堂，
身边有灰眼睛的准新郎。

1913 年

真正的温存是无声的

真正的温存是无声的，
你不会混同为他物。
你不必关切地用毛皮
裹暖我的肩和胸脯。
也不必一一讲出那些
柔情加蜜语的初恋。
我知道，你这对目光
是多么执着和贪婪！

1913 年

我要离开你白色的房子和寂静的花园

我要离开你白色的房子和寂静的花园，
　　但愿这生活安安静静和晴晴朗朗。
而今我要用我的诗歌赞美你，赞美你，
　　像一个女人过去未曾赞美的那样。
在你所构筑的她心目中的人间天堂里，
　　你正在记起昔日那位亲爱的女友，
而我正在做的是一次极为珍贵的买卖——
　　把你的爱情和温柔体贴——出售。

1913 年

我把一位朋友送到了门厅

我把一位朋友送到了门厅，
　　在金色的尘埃中停了停。
从相邻的不远处的钟楼里，
　　传来了一些重要的声音。

被抛弃！臆想出来的话语——
　　难道我是一朵花一封信？
于是眼神严峻起来，并且
　　往暗淡的壁间镜里搜寻。

　　　　　　　　　　1913 年

傍　晚

　　花园里传来了阵阵音乐，
　　音乐中有一种难言的忧郁。
　　盘中冰冻的牡蛎散发出
　　大海的气息，清新而刺鼻。

　　"我就是你的忠实的朋友！"
　　他说，并触摸了我的衣裳。
　　但这一双手的轻轻触摸，
　　与拥抱的那种感觉不一样。

　　人们这样爱抚着猫和鸟，
　　这样观赏着矫健的女骑手……
　　轻淡的金丝般的睫毛下，
　　只有笑容在他平和的眼眸。

　　在蔓延开来的烟雾之后，
　　传来悲哀的小提琴的乐声：
　　"那就祝福和赞美苍天吧——
　　你独自开始伴随着心上人。"

1913 年

我诞生得既不晚也不早

我诞生得既不晚也不早，
　这个时辰是一种幸福，
只是心在无迷惑地跳动，
　但并不是上帝的赐予。

所以房间里是一片昏暗，
　所以还有我的朋友们，
像黄昏时的忧愁的鸟儿，
　唱着从未有过的爱情。

1913 年

闲　游

羽毛轻触到马车的顶篷，
　　我注意到了他的双眸，
　　心儿就开始烦忧、苦恼，
　　可并不知道是何缘由。

　　在云雾弥漫的苍穹之下，
　　忧郁笼罩无风的傍晚，
　　就像在老画册上用水墨
　　画成一幅布洛涅林苑①。

　　一股汽油味，还有丁香，
　　四周的寂静令人警觉……
　　而他又用不太安分的手
　　把我的大腿触触摸摸。

1913 年

---

　　① 布洛涅林苑：巴黎西郊的一所公园，以大片森林为基础建成，是巴黎人传统的休闲场所。

你好！你听见……

你好！你听见桌子右边
　　有轻微的簌簌声响？
你没有写完这几个诗行——
　　因为我来到你身旁。

难道你会像上一次那样
　　使人既难受又伤神——
你说你没有看见那双手——
　　我的手，还有眼睛。

你清澈明净，朴素单纯。
　　别赶我到那个地方，
那儿，窒闷的桥拱下面，
　　污浊的水渐渐变凉。

1913 年

1913 年 11 月 8 日

太阳把黄色透光的尘埃

　　洒在整个儿房间里。

我醒来并记起：亲爱的，

　　今天是你的喜庆日。

所以窗后面白雪覆盖的

　　远处呈现一片暖意，

所以无眠的我像参加了

　　圣餐礼后有了睡意。

1913 年

离　别

已染上暮色的道路，
　倾斜在我的面前。
还在昨天恋人说道：
　请把我记在心间。
而今天，只有风儿，
　只有牧人的呼喊，
还有纯净的泉水旁
　雪松的激动不安。

1914 年

滨海公园的道路罩上夜色

滨海公园的道路罩上夜色，
　　路灯昏黄而又清冷。
我十分平静又悠闲，只是
　　不要同我把他谈论。

你可爱忠实，我们是朋友……
　　散步、接吻、变老……
清淡的月亮像雪花的星星，
　　就在我们头上飞跑。

　　　　　　　　　1914 年

我们不在森林

我们不在森林，别再呼寻了——
　我不喜欢这样的嘲弄……
　那也没有什么，尽管你不来
　把我受伤的心儿哄哄。

可你还有另外的操心和牵挂，
　你还有另外一个女人……
彼得堡姗姗来临的这个春天，
　打量着我干涸的眼睛。

它论功行赏送出猛烈的咳嗽、
　黄昏的炎热来折磨人。
在渐渐呆滞和乏力的气团下，
　涅瓦河上浮现了流冰。

1914 年

我最好能不频繁地梦见你

我最好能不频繁地梦见你，

因为我们常常彼此见面。

但是你只是在阴暗的教堂

忧愁、温存和焦躁不安。

你的蜜嘴对我动听的恭维，

比天使的赞美还要甘甜。

你在那儿清楚我的名字哟，

像在这儿你没长吁短叹。

1914 年

我来到诗人的家里做客

——致亚历山大·勃洛克

我来到诗人的家里做客，
正好是中午，是星期天。
宽敞的房间里悄然无声，
而在窗外却是一片严寒。

在瓦灰色的簇簇烟雾上，
高悬一轮深红色的太阳……
就好像默默无语的主人，
目光炯炯地朝着我打量。

他长着这样的一双眼睛，
任何人看了也不会忘记；
可我最好还是小心谨慎，
干脆不要去把它们留意。

这次交谈将留在记忆中，
是在涅瓦河的出海口边，

一栋高高的灰色楼房里，

有烟雾的中午，星期天。

1914 年

你是多么沉重，爱情的记忆

你是多么沉重，爱情的记忆！
　我在你烟雾中燃烧和歌吟，
而对于他人，你可是一把火，
　温暖了已变得冷却的心灵。

为了温暖那感到腻烦的身体，
　他们竟然需要我泪水盈盈……
上帝啊，难道为此我才歌唱，
　为此我才把爱情熟稔在心！

就让我喝下这样一杯毒药吧，
　于是我就变成了一个哑女，
再用那种熠熠闪现的无意识，
　洗掉我的并不光彩的名誉。

　　　　　　　　　　　1914 年

我不乞求你的爱情

我不乞求你的爱情，
爱情而今可靠又安全……
请相信，我不会给你的未婚妻
写那些醋意十足的信件。

但是请接收我智慧的建议：
让她把我的照片保存，
让她把我的诗歌吟咏，
未婚夫们难道不如此殷勤！

而这些傻丫头更需要
一种满怀胜利的感知，
它胜过友爱的愉快的谈心，
也胜过初时的柔情的记忆。

当你与心爱的女友
快要花光幸福的铜板，
对那吃饱喝足了的心灵，
一瞬间什么都变得如此厌烦——

请不要来到我的壮丽之夜，

　　因为我并不了解你。

我能给予你什么帮助呢？

幸福使我无法疗伤治疾。

1914 年

我快当新娘了

我快当新娘了。每天，
　我从信中品味黄昏，
　到了夜深人静的时候，
　我就给未婚夫回信：

"我在白色死神那儿做客，
　在通往黑暗的路上。
　亲爱的，在这个世界，
　对谁也别逞凶露狂。"

这时出现了一颗巨星，
　停留在两棵树之间，
　它想让人们梦想成真，
　就平静地许下诺言。

1915 年

祈 祷

让我品尝不幸的病痛岁月——
　窒息、失眠、发烧之苦，
夺走我的孩子我的朋友吧，
　连同我神秘的歌唱天赋。

经过那么多的难受的日子，
　在你弥撒时我如此祈愿，
为的是阴暗的俄罗斯上空
　乌云变成辉煌的彩云天。

1915 年

黄昏的天色橙黄、广袤

黄昏的天色橙黄、广袤，
四月的凉爽天柔和又温情。
你已经迟来了那么多年，
但是看见你我仍然很高兴。

来，坐得更靠近我一点，
瞧瞧吧，用你快活的眼睛：
我童年时代的那些诗歌
写满了这个蓝色的笔记本。

别了，我曾痛苦地生活，
很少为了太阳而欢欣鼓舞。
对不起，确实是为了你，
我才在太多的人中间应付。

1915 年

我不给窗户挂上窗帘

我不给窗户挂上窗帘，

你可径直望进闺阁，

由此今天我十分高兴，

因为你没离开这儿。

你尽可骂我不讲闺范，

也可狠狠把我嘲笑：

我是让你失眠的女人，

也是你的一份烦恼。

1916 年

皇村的雕像

槭树叶纷纷飘落到
洁白丰满的天鹅水塘，
渐渐成熟的花楸林
像洒过点点鲜血一样。

她盘起温暖的双脚，
身姿绰约又光彩夺目，
坐在北方的石头上，
极目远望那条条道路。

面对这赞美的少女，
我萌动着莫名的不安。
那渐渐暗淡的日光
似在她的肩头上撒欢。

我怎么才能消除她
因你迷恋激起的快意……
看她在快乐地思念，
这尊美艳的裸体少女。

1916 年

1914 年 7 月 19 日的记忆[①]

我们一下衰老了一百年，
　就发生在这一个时刻：
短暂的夏日已倏忽溜走，
　耕种的平原冒起烟火。

寂静的道路突然乱纷纷，
　哭声飞进，响彻大地……
我捂住脸，向上帝祷告，
　在战争前就把我打死。

歌声情爱像多余的负担，
　今后就从记忆中消失。
上帝命令空白的它变成
　载上风暴的恐怖书籍。

1916 年

————————

　　① 1914 年 7 月 19 日（公历 7 月 28 日）是第一次世界大战爆发的日子。

这里听不到人的声音

这里听不到人的声音——
看来永远也听不到，
只有那石器时代的风
把黑色的院门重敲。

我感到在这片天空下，
只有我还平安无忧——
那是因为我想第一个
喝下那种致命的酒。

1917 年

而我们俩不会说再见

而我们俩不会说再见——
依然肩并肩地漫步。
你在沉思，我在默想，
渐渐地看天色入暮。

走进教堂，我们看见
弥撒、洗礼和婚礼，
彼此未注目就离开，
为何我们不也如此？

或者我们坐在坟头的
积雪上轻轻地叹息，
你用木棍画一座府第，
我们俩长住在那里。

1917 年

夜 晚

天空中奄奄一息的月亮，
隐现在漂流的纤细的云层，
皇宫的卫兵，脸色阴沉，
怒气冲冲望着钟楼的指针。

不忠实的妻子正在回家，
她若有所思的脸显得严峻，
而长久的不安把在梦中
紧紧拥抱的忠诚化为灰烬。

我与他有何干？七天前，
我叹了一口气，话别凡尘。
但那里闷，我钻进花园，
望见群星，触碰了七弦琴。

1918 年

我痛苦和衰老①

我痛苦和衰老。黄脸上
纵横交错地布满了皱纹。
背驼了，手也老是发抖。
我的施虐者快活地观望，
察看憔悴的皮肤的伤痕，
夸耀着自己的精巧活儿。
我的上帝啊，永别了！

1919 年

---

① 此七行诗为无韵体。

你已经不在人世间①

你已经不在人世间，

不能从雪地站起。

被刀扎了二十八处，

又被枪击了五次。

我为好朋友缝制了

一件痛苦的新衣。

俄罗斯的大地嗜好、

嗜好着斑斑血迹。

1914 年（实际为 1921 年）

---

① 1921 年 8 月，阿赫玛托娃惊闻前夫古米廖夫被无辜枪杀，立即写下两首悲愤的诗，这是其一。为了避免惹祸，她将写作日期改为 1914 年。

分　离

这里就是北海的一处海岸，
是我们不幸和光荣的尽头——
我不明白是幸福还是痛苦
让你伏在我脚下泪水长流。

我再也不要注定的失败者——
无论俘虏、人质还是奴隶。
只有我爱的百折不挠的人，
我才与他分享面包和宅第。

1922 年

缪　斯

　　当我在深夜等着她来临的时候，

　　　生命系于一线，我这样感觉。

　　在这手持仙笛的可爱的女宾前，

　　　荣耀、青春和自由算什么呢。

　　于是她飘然而至。她撩开面纱，

　　　仔细而关切地把我看了一下。

　　"是你对但丁口授《地狱篇》的吗？"

　　　我问她。"正是我。"她回答。

1924 年

二行诗

别人对我的赞美，就好像一撮灰烬，
而你对我的诋毁，那就是一番赞美。

1931 年

我们分手了①

我们分手了，不是几周，
不是几个月，而是好几年。
终于尝到真正解脱之冷，
鬓角上面出现银白的花环。

再也不会有背叛和变节，
你是不会整夜整夜地倾听
我绝对没有过错的证据，
它们宛如流水，流淌不停。

1940 年

---

① 这首被认为是阿赫玛托娃写自己与俄国文艺理论家普宁的
关系的诗。两人共同生活了 15 年，1938 年分手。普宁 1953 年初死
于劳改集中营。但也有人认为这是写阿赫玛托娃的前夫古米廖夫的。

誓　言

今天那位送别了恋人的姑娘，
让她把她的悲痛熔铸成力量。
我们对着孩子对着死亡发誓，
无论是谁也不能使我们投降。

1941 年

花园里挖出避弹壕

花园里挖出避弹壕，
　灯火管制一片黑。
彼得堡的孤儿们哟，
　各个是我的宝贝！
在地面下难以呼吸，
　太阳穴疼得钻心，
爆炸的间隙传来了
　孩子可爱的声音。

1942 年

哭　诉

列宁格勒的灾难啊，
用手不能把它消弭，
眼泪不能把它冲走，
也无法深埋在地底。
我要走很远，巡察
这列宁格勒的灾难。
我将要怀念和记起
这一片绿色的原野，
不是用眼神和暗示，
不是用语言和埋怨，
而是用大地的敬礼。

1944 年

悼念友人

在温和而雾气缭绕的胜利日，
　当朝霞像火一样映红天边，
姗姗来迟的春天像一位遗孀，
　忙碌在无名战士的坟墓前。
她跪在坟前，久久没有起身，
　抚弄着青草，轻吹着幼芽，
把一只蝴蝶从肩上托到地面，
　让第一朵蒲公英吐蕊开花。

1945 年

梦 中

我与你同样地承受着
忧郁的长久的分离。
哭有何用？最好把手给我，
答应吧再来到梦里。
你我像痛苦伴随痛苦，
你我今世难以相遇。
但愿子夜时分你穿过星星
给我捎来一个致意。

1946 年

那颗心不再回应我的呼喊

——悼尼古拉·普宁

那颗心不再回应我的呼喊，

不管是悲哀，还是欢乐。

一切都完了……我的歌声

飞入再也没有你的深夜。

1953 年

片 段

……我感到，这就是火光
　伴随我飞到黎明时刻，
我弄不清这些怪异的眼睛
　它们是什么样的颜色。
周围万物萌动，又在吟咏。
我不知你是朋友还是敌人，
　这是在炎夏还是寒冬。

1959 年

我们在一起没有白白受穷

我们在一起没有白白受穷，

甚至无望地叹过一次气。

我们宣过誓，我们表过决，

我们继续平静地走下去。

不是因为我依然是纯贞的，

像神灵面前的一支蜡烛，

我与您一起跪下苦苦哀求

刽子手血迹斑斑的玩物。

不！不是在别人的天空下，

也不庇护于异国的羽翼——

那时候我在我的人民中间，

和我不幸的人民在一起。

1961 年

二十三年后

我熄灭那些密不告人的蜡烛。

我的神奇的晚上已经逝去，

无论哀歌还是冒充先知的人。

噢，检察官的声音都沉寂——

而我在睡梦中，并梦见了你！

你的永恒彼岸上空的影子

在方舟前展示了自己的舞姿，

就随雨、随风、随雪而去。

你的声音来自那黑暗的深渊。

怎么称呼！你多么起劲地

重又大声呼唤着我……"安娜"！

仍像从前那样对我称呼，"你"。

1963 年

当音乐响起来

当音乐响起来，我清醒了——
　　四周已是一片冬景；
什么都清楚了：在靠岸处，
　　殒命的是女王本人。

1965 年底至 1966 年初

曼德尔施塔姆

(1891—1938)

俄罗斯诗人、阿克梅派代表诗人。曾因一首讽刺斯大林个人崇拜的诗受到政治迫害，直至神经错乱，最后瘐死狱中。1956 年为第 2 次被捕平反，1987 年为第 1 次被捕平反，恢复名誉。

主要作品有：诗集《石头》《哀歌》《诗选》《沃罗涅日笔记》，散文集《时代的喧嚣》《埃及邮票》等。

我静谧的梦

我静谧的梦，我缠绵不断的梦——
　隐形不露和富有魅力的森林，
传来了一种纷扰的奇妙的声音，
　好像摩挲丝绸帷幔的簌簌声。

在疯狂的相遇和不悦的争辩中，
　在惊奇诧异的眼神的交会里，
一种神秘的莫名其妙的絮絮声，
　突然在灰烬下喧响而后沉寂。

好像人的面孔被浓雾罩得严实，
　一句话刚到嘴边就僵在口里，
仿佛，有一只受到惊吓的鸟儿
　在入暮的灌木林里扑腾而去。

1908 年

森林里的圣诞枞树

森林里的圣诞枞树，
像一片片的金箔闪亮；
灌木丛里的玩具狼，
露出狰容，眼含凶光。

啊，我预料的悲哀，
我的静静的自由轻松，
和死寂般的天空里，
水晶永远面带着笑容！

1908 年

比柔嫩更柔嫩的

比柔嫩更柔嫩的
　是你的面容，
比雪白更雪白的
　是你的双手，
你是那么的遥远
　离整个世界，
而命中注定了的
　是你的一切。

来自命中注定的
　是你的悲戚，
永远不会变冷的
　是你的手指，
不知愁烦的话语
　是轻柔之声，
还有你眼睛里的
　遥远和幽深。

1909 年

你令人愉悦的柔情

你令人愉悦的柔情，
　把我的心搅乱：
当眼睛燃烧如蜡烛，
　在明朗的白天，
　为什么还会有那些
　挺忧伤的语言？

　在明朗的白天——
　那离你遥远的情景——
　孤独的一滴泪，
　相见后的记忆之情——
　唉，侧侧肩头，
把它们的柔情提升。

1909 年

在淡蓝色的珐琅上

在淡蓝色的珐琅上，
四月有怎样的想象，
白桦高举它的枝杈，
悄悄地把暮色染上。

花纹精致而又细碎，
枝杈如网冰雪点点，
好像瓷盘上精确地
绘制出的一幅图案。

当那可爱的美术家
把它引到玻璃苍穹，
他感到瞬间的力度，
忘掉了悲情的死亡。

1909 年

难以表述的忧伤

难以表述的忧伤
张开两只巨大的眼睛，
花瓶一下充满了生机，
洒出自己的水晶。

整个房间弥漫了
慵困甜腻的药味！
如此小小的王国，
使如此多的梦幻迷醉。

一点儿红葡萄酒，
一点儿阳光的五月天——
还有纤指的洁白，
裂成碎块的细小饼干。

1909 年

什么是我的轻柔的

什么是我的轻柔的
　赞美诗的乐音，
什么是躁动的曲调
　那爱情的波纹。

是什么时候从那里
　双手向我伸来，
那声音，还有波纹
就从那里而来——

而衣物呈现的暮色
已用躯体装饰——
就在你颤抖不已的
　夺目的辉煌里。

1909 年

在香烟缭绕的波浪祭坛上空

在香烟缭绕的波浪祭坛上空，
温和的海洋之神带来了祭品。

低沉的大海像葡萄酒在沸腾，
海的上空，太阳像鹰在颤动。

只见浓雾在海面上爬行，
传来了低微的定音鼓声。

唯有天空这蔚蓝的心地，
把大海的白雾收为义子。

海洋沉睡了，变得更浩瀚，
而轰鸣声依然低沉、庄严。

在天空，显得宏伟和沉雄，
犹如一只金属铸就的雄鹰。

1910 年

温柔的黄昏

温柔的黄昏。迷人的暮景。
奏鸣连着奏鸣。巨浪连着巨浪。
湿润的风像带咸味的布幅
　　拍打着我们的脸庞。

一切都无踪影。一切都已混乱。
　　波浪因岸而迷醉兴奋。
盲目的乐观感染了我们——
　　可心儿却变得愈益沉重。

　　阴暗的混沌使我们昏聩，
　　醉人的空气使我们迷糊，
　　庞大的合唱使我们困倦：
　　长笛、诗琴和定音鼓……

　　　　　　　　　　1910 年

沉　默①

她还没有来到人间，
她是音乐也是词语，
因此是一切生命的
无法割裂开的联系。

海的胸脯静静呼吸，
白昼像疯子般闪光，
深蓝色的玻璃瓶中，
开着泡沫的白丁香。

但愿我的嘴能获取
最原始的那种沉默，
犹如水晶般的音符，
一诞生就晶莹澄澈。

留下泡沫吧，爱与美的女神②，

---

① 原文为拉丁文 SILENTIUM。
② 原文为阿芙洛狄忒。

让词语返回到音乐，

让心愧于心，并且

与生命的太初融合。

1910 年作，1935 年改

啊，天空，天空，我将梦见你

啊，天空，天空，我将梦见你！

你不可能完全令人耀眼炫目，

白昼已经燃尽，就像一页白纸：

一点儿灰烬，和一点儿烟雾！

1911 年

呼吸慌乱不安的树叶

呼吸慌乱不安的树叶，
　任黑风簌簌吹拂，
　一只飞扬而过的燕子，
　在阴空划出圆弧。

携着渐行渐暗的余晖，
　正在来临的黄昏，
　在我温暖却快殒灭的
　心中静静地争论。

暮色尽染的森林上空，
　橙色的月亮升起，
为什么音乐如此稀少，
　四周又这样静谧？

1911 年

而当我向上攀登

而当我向上攀登，
就把目光垂下——
我碰见两只酒杯
不清晰的谈话。

那人世间的苦难，
已高高地举起
我沉甸甸的砝码
和摇荡的舟楫。

我们的心灵知晓
那绝望的政权：
高高举起的酒杯，
跌落不可避免。

在沉痛中有欢乐，
在跌落中也有——
摇曳不定的快感
和利箭的复仇。

1911 年

千股水汇成的急流

千股水汇成的急流——
春天的爱抚低吟浅唱。
那四轮马车闪亮而过，
轻盈似蝴蝶的飞翔。

我对着春天笑了笑，
我悄悄地回过头一看——
一个女人摆弄着光滑的
手套，像一种梦幻。

她急匆匆地上了路，
穿戴丝绸丧服和黑纱，
同样也是一种黑色的——
她帽檐的轻薄面纱。

1912 年

我早就爱上了贫穷

　　我早就爱上了贫穷，
　　孤寂、贫穷的艺术家。
　　为在酒精上煮咖啡，
　　我买了轻便的三脚架。

　　　　　　　　　　1912 年

在一片寂静的郊外

在一片寂静的郊外，
守院人用铁锹堆着积雪。
我与几个大胡子庄稼汉，
此时正从这里路过。

闪过戴头巾的女人，
放肆的看门狗一阵吠叫，
茶炊上朵朵鲜红的玫瑰，
在旅店和家中燃烧。

1913 年

自画像

在头的高扬中闪过一个暗示：
　一件常礼服既肥大又臃肿；
在眼睛的闭上和手的静止中——
　秘藏着极丰富的内心活动。

正是这样的人会飞翔又歌唱，
　那熊熊燃烧的词的可煅性——
为的是用先天的协调去战胜
　那与生俱来的困窘和愚笨。

1914 年

一团火焰在吞噬着

一团火焰在吞噬着
我的干涸的生命——
而今我要歌唱木头,
不再把石头吟咏。

木头轻盈而又粗笨:
而那渔夫的船桅,
还有大木船的核心,
都来自这段木料。

把木桩钉得更坚固,
敲击吧,铁榔头,
我歌唱木造的天堂,
它多么轻松悠游。

1914 年

就让发达城市的名声

就让发达城市的名声，
用短暂的影响愉悦听力。
永垂不朽的不是罗马，
而是人在宇宙中的位置。

帝王们企图把它统治，
牧师们为战争寻找根据，
没有人，房屋和祭坛
如肮脏垃圾，只遭鄙弃……

1914 年

失眠。荷马。鼓满的帆

失眠。荷马。鼓满的帆。

我把船舰的花名册看到一半：

这长长的一批，像鹤的一列，

昔日在希腊的上空升起风帆。

像鹤嘴插入他国的疆界——

帝王们头上那神的泡沫，

你们航向哪里？如果没有海伦，

亚该亚①的好汉，特洛伊算什么？

唉，大海，唉，荷马———一切因爱而动荡。

我究竟听取谁？荷马却默然无声。

而黑色的大海，滔滔不绝，喧腾不已，

直涌向船头，发出沉重的轰鸣。

1915 年

---

① 亚该亚：是古希腊大陆上四个主要部落之一，参与了特洛伊战争。

我感到寒冷

我感到寒冷。晶莹的春天
给彼得罗波尔穿上绿绒服，
但涅瓦河的波浪犹如美杜莎①，
引起我心中小小的厌恶。
在北方河流的滨江路上，
奔驰着萤火虫似的汽车，
飞翔着蜻蜓和银灰色的金龟子，
星星如金色的别针在闪烁，
但是无论什么星星都不能
把海水沉重的祖母绿消灭。

1916 年

---

① 美杜莎：希腊神话中的蛇发女怪之一。她的头被珀尔修斯
割下，可使看到她的人变为石头。

那个晚上

那个晚上，管风琴的箭林没有奏响，
我们听到舒伯特——亲切的摇篮曲！
磨坊隆隆声响，而在飓风的歌唱中，
那音乐的淡蓝色的醉意却笑容可掬！

古老歌谣的世界是褐色的和绿色的，
但却是天长地久和富有青春活力的，
在那里，夜莺的椴树那深沉的树冠
让森林之王狂暴地撼动着、摇晃着。

黑夜的复归那令人毛骨悚然的力量——
那荒野的歌声，如同黑色的葡萄酒：
这是一个孪生子——这空茫的鬼魂——
蒙昧无知地张望着寒气逼人的窗口！

1918 年

当城里的月亮升到广场上空

当城里的月亮升到广场上空，
月亮渐渐把密林中的城市照亮，
夜色渐浓，弥漫着忧愁和铜，
时间的蜡质把和谐让给了粗犷。

一只杜鹃在它的石塔上悲啼，
苍白的割麦女来到死寂的地方，
轻轻触动阴影下的巨大轮辐，
把黄灿灿的麦秸抛掷到木板上……

1920 年

晚上，我在院里盥洗

晚上，我在院里盥洗，
天上闪动着粗糙的星群，
星光好像斧头上的盐，
圆口的大木桶渐渐变冷。

院的大门已上锁关闭，
确实，人世是那么严峻——
也许哪儿也难有素材
比新画的写实更加纯真。

一颗星像盐化在桶里，
冰水更黑，不幸更咸苦，
死亡更纯真，而人世
变得更现实，也更恐怖。

1921 年

我不知道这一支小调

我不知道这一支小调
　是从什么时候唱响——
　是贼就着它簌簌出声？
　是蚊子公嗡嗡作响？

　不管是什么样的事情，
　我再也不想谈论它，
　火柴沙沙响，而肩头
　推开黑夜并唤醒它。

　在堆堆干草后，撒出
　折磨人的空气之帽；
　缝合有蒿的大口袋，
　线缝裂开，撕碎了。

　为了玫瑰的血缘关系，
　这些枯草的丁零声，
　已把它找回，经过了
　世纪、草棚、梦境。

1922 年

莫斯科小雨

小雨送来它的一丝儿凉意，
　却是麻雀般的多么稀少——
一点儿给我们，一点儿给树木，
　一点儿给那货摊上的樱桃。

黑暗中渐渐地翻起了泡沫——
　是片片茶叶在轻轻地喧腾，
　好像一个悬在空中的蚁巢
　在浓郁的绿荫下举行宴请。

那一片嫩绿欲滴的葡萄园，
　在青草中轻摇曼舞起来：
　似乎是在这掌形的莫斯科
　把一个冷藏的源泉打开！

1923 年

请不要对任何人说

请不要对任何人说，
请忘掉看到的一切——
鸟儿、老妪、监狱，
或者其他任何事儿。

或者你一张开嘴巴，
那些事就将摄住你，
当白日临近的时候，
细小的针叶就战栗。

你记起别墅的黄蜂
和孩子的一盒文具，
或从未采到一起的
森林里的欧洲越橘。

1930 年

午夜后

午夜后，心就直接从手中
偷走被查封了的安宁静谧。
静静地生活，好好地调皮，
你爱——不爱：没什么可与之相比……

你爱——不爱，你知道——不知道。
你不是因为像弃婴而奄奄一息？
不是因为到半夜咬住一只银鼠，
心就要庆祝而大摆宴席？

1931 年

您记得

您记得，好像有轮碾机，

在靠近维罗纳①的周边，

把缠绕的一段绿色呢绒，

重新渐渐地捯出复原。

而正是那个人，那个人

循着一条圆周在争论，

急急地奔离但丁的诗歌，

将超越所有的其他人。

1932 年作，1935 年改

---

① 维罗纳：意大利北部地区的一个城市。

我们活着，感觉不到自己的国家[①]

我们活着，感觉不到自己的国家，

我们说话，声音传不到十步之遥，

哪里只要有一星半点儿闲话，

就会把克里姆林宫山民想到。

他的粗胖的手指像蛆虫那样肥腻，

他的谈话像沉重的秤砣那样精准，

那蟑螂般的大眼睛含露讪笑，

而他的皮靴筒则擦得亮铮铮。

他周围麇集着一群细脖子的头目，

他玩弄着这帮半人半妖的喽啰，

有人打口哨，有人学猫叫，有人在抽泣，

只有他粗声大气，指指戳戳。

他发出的一个个命令像钉马蹄铁，

一个钉鼠蹊，一个钉脑门，一个钉眉心，一个钉眼睛。

---

① 这是一首讽刺斯大林的诗。诗人于1933年接近年底时在一次小型聚会上朗诵了这首诗。不久，因人告密，诗人被逮捕。

他判的死刑，那是马林甜果，

反而显示出奥塞梯人的宽广胸襟①。

1933 年

---

① 奥塞梯人：格鲁吉亚的北奥塞梯和南奥塞梯的基本居民，系格鲁吉亚少数民族。

你的瘦小的肩膀被鞭打得发红

你的瘦小的肩膀被鞭打得发红，
被鞭打得发红，在严寒中着火。
对着你的细小的双手举起烙铁，
举起烙铁，并且还要绑上绳索。

你娇嫩的双脚要赤足踩上玻璃，
赤足踩上玻璃还有浸血的沙砾……
噢，我要为你点燃黑色的蜡烛，
点燃黑色的蜡烛却怕祈求上帝。

1934 年

我生活在牢固的围墙里面

我生活在牢固的围墙里面。
马车管家似在这儿闲逛。
风儿枉然地在工厂里服役，
沼泽间的小路伸向远方。

在细灯微火闪烁的草原边，
黑耕地的夜晚冻得发抖。
围墙的后面，委屈的东家
穿着俄罗斯靴子在游走。

而地板歪曲后也显得豪华——
这用作垫板的棺材木板。
在陌生人那儿我睡得很糟，
而我的生命离我很遥远。

1935 年

放我走，松开我，沃罗涅日

放我走，松开我，沃罗涅日：
你要失掉我，或者漏掉我，
你要丢掉我，或者归还我——
沃罗涅日——胡闹，沃罗涅日——乌鸦，刀子……

1935 年

我要活着，虽然我死去两次

我要活着，虽然我死去两次，

而城市被水惊得发呆，发愣：

它多美、多亮，颧骨有多高，

那犁过的肥沃土地多么可亲，

在四月，转暖的草地是多么静谧……

而天堂，天堂——你的波纳罗蒂……①

1935 年

---

① 波纳罗蒂（1475—1564）：文艺复兴时期意大利雕塑家、画家、建筑师和诗人米开朗基罗的名字。

世界要在黑色的肉体里获取

世界要在黑色的肉体里获取，
它需要一个残酷无情的兄弟——
他出自半疯半傻的畸形群体，
不可能得到几架亮闪的梯子。

1935 年

难道可以赞美死去的女人

难道可以赞美死去的女人？
她被疏远而又在权力中，
她被一个异国的强权带向
一座暴力煎熬的坟墓中。

圆眉毛的性格坚毅的燕群，
从坟地飞向了我，说道：
在斯德哥尔摩冰冷的床上，
它们已经不再感到疲劳。

你的家族自豪于曾祖辈的
小提琴，它颈细而美妙，
你张开红嘴，以意大利的、
俄罗斯的方式露出微笑……

我守护着你的沉重的记忆，
野树苗，幼熊，巧克力，
但磨坊的转轮沐浴在雪中，
邮递员的笛声变得冷寂。

1935 年

我在时代的心脏

我在时代的心脏。前途渺茫，
　而时间却把目标推向远处：
既有铜制品上的贫瘠的绿霉，
　又有做拐杖的疲惫的梣树。

1936 年

今天是哪个黄嘴鸟的日子

今天是哪个黄嘴鸟的日子：
　　我并未把它熟悉——
海滨的院落大门把我张望，
　　在锚中，在雾里……

战舰顺着灰暗的水中前行，
　　静静地、静静地，
而水渠那些窄小的笔墨盒，
　　在冰下变得更黑。

1936 年

车队遥远的里程碑

车队遥远的里程碑，
透进别墅的玻璃窗。
河流因温热和寒冷，
仿佛就在这近旁。
那儿有怎样的森林？
云杉，非云杉，而是淡紫色的草木。
那儿有怎样的白桦，
我定然不会说出——
唯空中墨水的散文，
淡泊而难以辨读……

1936 年

好像一份迟来的礼品

好像一份迟来的礼品，
那被我感知的冬季：
最初的日子，我爱她
那摇摆不定的迟疑。

她受惊吓也不失优雅，
如严厉的事情之初——
面对草木不生的空地，
乌鸦也不免要发慌。

无梦的絮语的小河上
鬓角一样的弧形冰——
那易碎而凸起的蔚蓝，
比一切都更为坚韧。

1936 年

你的瞳孔被天空的封皮蒙住

你的瞳孔被天空的封皮蒙住，
垂下头来，转而极目远眺，
那附带的修正意见在保护着
柔弱的易于感触的眼睫毛。

他将被神化，将被奉若神明，
他长久地生活在自己祖国，
那眼睛的旋涡令人惊奇诧异——
把他抛在后面而尾随着我。

他已在心情舒畅地回首远望，
那昙花一现的悠远的世纪——
他还在祈求着，是那么透明、
无形而又如彩虹般的绚丽。

1937 年

我在科尔卓夫的身旁

我在科尔卓夫的身旁①，
　像一只被缚的雄鹰——
我的家门前没有台阶，
　没有信使给我送信。

一片青绿色的松树林，
　已把我的腿脚依恋，
就像没有指令的信使，
　将把视野敞开展现。

草原上，一个个土墩
　在移动，夜、夜晚、
宿营地也总是在迁移——
　好像在把盲人运转。

1937 年

---

①　科尔卓夫（1809—1842）：系自学成才的俄罗斯诗人。他
的诗被不少作曲家谱成曲。

你并没有死去

你并没有死去，你也并不孤单，
　　还有讨饭的女友与你相伴，
因而平原的宏伟和雾霭、严寒、
　　暴风雪都激起了你的快感。

在奢华的穷苦和雄厚的贫乏中，
　　你生活得平静和令人欣慰。
那些个日日夜夜多么美好幸福，
　　甜蜜的劳动令人问心无愧。

不幸的是那个如同他影子的人，
　　狗叫惊吓他，风把他吹倒。
可怜的是那个已奄奄一息的人，
　　这时他在向影子乞求讨要。

1937 年

我独自一人面对严寒

我独自一人面对严寒，
不知它到哪里，我来自何处。
一切在抚平，没有皱襞的平原，
那呼吸的神奇在造就着起伏。

太阳在浆硬的赤贫中眯缝着眼——
它眯缝的眼睛显得无忧和平静……
十个标志的森林，近乎于那些……
眼见雪的窸窣，像清新的面包，洁净。

1937 年

这个一月，我能藏身到哪里

这个一月，我能藏身到哪里？
敞开的城市被狂暴地抓紧套牢……
难道一道道锁上的门会让我醉？
所有的夹钳和锁让人想学牛叫。

汪汪直叫的胡同般的长袜，
倾斜的街道的小储藏室——
笨蛋们从拐角处跑出来，
又匆匆躲到那些小角落里。

我滑到被冰封雪锁的水塔，
落进低洼，陷入多疣的黑暗，
踉踉跄跄地饮着死寂的空气，
而忙碌中的白嘴鸦纷纷飞散。

我落在它们的后面惊叹，
把喊叫投进一个结冰的木箩筐：
需要读者！谋士！医生！
若是在聊天的带刺的阶梯上！

1937 年

我这是小声地大体描述

我这是小声地大体描述，
因为还并没有到时辰：
要靠汗水和经验来获得
无意识的天空的竞争。

在燃烧的暂时的天空下，
被我们常常遗忘的是：
幸福而美满的天堂仓库
是有生命的伸缩房子。

1937 年

唉，我当然愿意

唉，我当然愿意
让谁也无法捉摸，
我跟着光线疾飞，
把自己完全隐没。

你闪成一个光环——
再没有别的福分——
而你向星星学习，
知道什么是光明。

它仅仅就是光线，
更不过就是光明；
由轻声而变强大，
由细语而发热能。

轻声细语的内容，
我就把它告诉你，
孩子，我以耳语
把你交到光手里。

1937 年

附　录：

古米廖夫与阿赫玛托娃：
爱情、人生的苦难和悲剧

　　古米廖夫与阿赫玛托娃的相识是在 1903 年。14 岁的阿赫玛托娃偕女友上街购买圣诞树饰品时，巧遇长她 3 岁的皇村中学同学古米廖夫。阿赫玛托娃秀外慧中，气质高雅，而且身材高挑，体态轻盈，皮肤白皙，眼眸灰蓝，鼻骨高隆，黑发如云，前额梳着富有韵致的刘海，脚上穿着黑中透亮的长袜。古米廖夫一下子就被阿赫玛托娃迷住了，他对她一见钟情。对他来说，这位略显忧郁的小姑娘犹如皇村幽静的池塘里的美人鱼。从此以后，他不但在诗中这样赞美她，而且还请人画了一幅题为《海中美人鱼》的画挂在家中墙上。

　　古米廖夫博览群书，聪明能干，是一个早熟的天才。他 8 岁开始写诗，16 岁发表作品后即有了诗名。他性格执拗，勇敢坚定，颇为自信和自负，在生活中喜欢扮演征服者的角色。他一心向往航海、探险、建功立业和到异国旅游，沉浸在一种浪漫的梦幻中。

自从认识阿赫玛托娃后，他就立志要得到她。他开始设法进入阿赫玛托娃家较为封闭的生活圈子，随后的几年中他热烈地爱恋并追求着阿赫玛托娃。天真无邪的阿赫玛托娃也许是因为年龄尚小而对爱情似懂非懂，面对古米廖夫对她的炽爱，并不认真对待，甚至予以冷处理。古米廖夫自负的心受到打击，他感到绝望，在1905年复活节那一天企图自杀。阿赫玛托娃得知这个消息后，十分震惊和害怕。两人为此吵了一架，不欢而散。

阿赫玛托娃在孤独中郁郁寡欢。这时，另一位青年的身影进入了阿赫玛托娃的心灵，他就是彼得堡大学东方语言系学生库图佐夫。库图佐夫长她10岁，但她却如痴如醉地爱上了他。可是少女一往情深的爱并未得到热烈的回应，她的爱只是一厢情愿。她这时正患着肺结核（她家女性大多患有此病），还在疗养期间。这只能给她留下苦涩和哀怨的回忆。

而古米廖夫并未放弃对阿赫玛托娃的追求。他打算中学毕业后到法国去留学，在出国之前无论如何要见阿赫玛托娃一面。于是，他专程从北方来看望已迁到南方暂居的阿赫玛托娃。阿赫玛托娃寂寞的心得到抚慰，两人和好如初。中学毕业这一年，古米廖夫出版了处女诗集《征服者之路》，诗集受到象征主义大诗人勃留索夫等人的好评。

到巴黎后，古米廖夫收到阿赫玛托娃的来信，他写下一首诗，将来信比喻成"奇特的白玫瑰"。诗中，他以但丁的形象出现，而阿赫玛托娃则以但丁的情人贝雅特丽齐的形象出现。古米廖夫后来将此诗收入组诗《贝雅特丽齐》中，并以此献给阿赫玛托娃。

阿赫玛托娃在完成中学学业的同时也写诗。古米廖夫在巴黎大学攻读法国文学，并研究绘画。他参与创办了一份俄语文学刊物《天狼星》。阿赫玛托娃尝试着将自己创作的一首诗《他手上戴着多枚闪亮的戒指》寄给古米廖夫，这首诗立即发表在《天狼星》上。看着自己的手稿变成了铅字，阿赫玛托娃并没有高兴起来，她把杂志藏在沙发下。原来，阿赫玛托娃的父亲戈连科是一位海军工程师，他不喜欢文学，也不许女儿用戈连科的姓氏发表作品。于是，女儿就用具有鞑靼血统的外曾祖母的姓氏——阿赫玛托娃——作为自己的笔名。从此，"俄罗斯诗歌的月亮"阿赫玛托娃诞生了。

古米廖夫一有机会，就要与阿赫玛托娃见面。1907年4月，他从巴黎回国。为了能与阿赫玛托娃在一起，他在阿赫玛托娃家的隔壁弄了一间房子住下来。这一年夏天，阿赫玛托娃中学毕业，古米廖夫频频邀请她外出旅游，企图说服她嫁给他，但阿赫玛托娃没有同意。初秋，阿赫玛托娃考入基辅女子高等学校法律系，而古米廖夫却带着失望和颓丧的心情回到巴黎，他心灰意懒，想一死了之。他盲无目的地"流浪"到法国北部的诺曼底，因盲流被拘捕。古米廖夫是一个很有韧性的人，回国后，他又去见阿赫玛托娃，再次向她求婚，但仍未成功。这一次，古米廖夫真是有点哀莫大于心死了，他使尽浑身解数仍未得到他的所爱，于是服毒自杀。一天一夜后，人们才在森林中找到昏迷不醒、奄奄一息的他。翌年夏，古米廖夫在埃及开罗时，再一次因为爱情的痛苦打算自杀，不过，他最终还是活了下来。

此时阿赫玛托娃家却发生了悲剧——她的哥哥安德烈·戈连科无法忍受丧子之痛，在希腊自杀。与他一起准备自杀的妻子发现已怀孕，才决定活了下来，她后来生下一个儿子。

阿赫玛托娃为哥哥的自杀而悲痛，也害怕古米廖夫一次次自杀总有一次要造成悲剧，同时她的心也被古米廖夫锲而不舍的爱所软化。所以，当古米廖夫从埃及回来再次向她求婚时，她终于答应嫁给他。

1910年4月，古米廖夫和阿赫玛托娃这一对诗人举行了结婚仪式，但阿赫玛托娃的亲戚一个也没有参加他俩的婚礼，他们断定这个婚姻将会失败。婚后，古米廖夫和阿赫玛托娃回到彼得堡的皇村，阿赫玛托娃进入拉耶夫历史文学学院学习。

古米廖夫外表平和，但内心躁动不安，狂放不羁，对任何事情永远不会满足。当他追求到阿赫玛托娃后，就不再那么珍惜这份来之不易的爱。结婚不久，两人的关系就出现了阴影。一位比阿赫玛托娃更年轻漂亮的姑娘出现了，她就是古米廖夫的表妹玛莎。古米廖夫甚至当着阿赫玛托娃的面，表示出对玛莎的爱。这大大地刺伤了阿赫玛托娃的心，她默默地忍受着这个痛苦。最终此事只成为一个小小插曲，因玛莎不久就在意大利死于肺病。

婚后，古米廖夫才感到了家庭的束缚，而未过多地考虑阿赫玛托娃的感受。他尽管爱阿赫玛托娃，但不十分了解她。他要求她温柔贤惠，做一个好妻子，没有充分认识到她的独立人格。阿赫玛托娃十分聪明、灵敏，10岁就写诗，诗才可与古米廖夫媲美，只是已经发出光辉的古米廖夫把还未来得及发光的她遮掩了。古米廖夫不改婚前天马行空、独往独来的个性，除与阿赫玛托娃一起到法国度蜜月外，仍像过去一样独自游欧洲，闯非洲，而且羁留时间较长。

1911年秋，古米廖夫和阿赫玛托娃回到皇村后，古米廖夫与诗人戈罗杰茨基商量成立一个由青年诗人组成的"诗人车间"。诗人车间的主要成员有古米廖夫（法人代表），戈罗杰茨基（法人代表），库兹明（诉讼代理人），阿赫玛托娃（秘书），曼德尔施塔姆等15人。出席第一次会议的诗人除了"诗人车间"的15人外，还有象征主义大师勃洛克和几位法国人。在皇村古米廖夫和阿赫玛托娃家中举行第三次会议时，古米廖夫发言必须抛弃象征主义，打出自己的旗号。于是他们受希腊语"阿克梅"一词的启示，树起了"阿克梅主义"这面注定要在俄罗斯文坛和世界文坛高高飘扬的旗帜。

"阿克梅"为"巅峰""极端""顶端"和"最高级"之意，所以以古米廖夫为首的"诗人车间"亮出阿克梅主义，其目的是为了革新美学和象征主义诗学，以阿克梅主义取代象征主义，提倡为艺术而艺术，攀登艺术真理的最高峰。他们主张诗歌的鲜明性，竭力表现有声有色有味有感的物质世界，追求雕塑式的艺术形象和预言式的诗歌语言，反对迷恋神秘的"来世"，反对使用隐喻和象征手法，追求诗的新意和艺术感染力，提倡"返回"人世，"返回"物质世界，赋予诗歌创作以明确的含义，拓展艺术的视野，高扬艺术的理想。为此，他们发表了一篇篇宣言式的文章，如古米廖夫的《象征主义的遗产与阿克梅主义》和戈罗杰茨基的《俄罗斯现代诗歌中的几个流派》等。几年后还发表了曼德尔施塔姆的《阿克梅主义的早晨》等。

在阿克梅主义的热潮中，也在古米廖夫的鼓励下，1912 年春，阿赫玛托娃出版了自己的第一部诗集《黄昏》。《黄昏》中很多诗篇与古米廖夫 1910—1911 年在非洲的游历有关，于是似乎有一个失去爱情或情人的近乎弃妇的形象若隐若现于诗篇中。《黄昏》具有很高的艺术价值，它奠定了阿赫玛托娃的阿克梅派代表诗人的地位。例如诗集中《诀别之歌》的前四句：

> 我的步履还依然轻捷，
>
> 可心儿无望地变凉，
>
> 我竟然把左手的手套
>
> 戴到了这右手之上。

如此精美的艺术品，引起了俄罗斯文坛的惊叹，从此阿赫玛托娃被称为"俄罗斯的萨福"。与此同时，古米廖夫也出版了他的第四部诗集《异国天空》。这一年，古米廖夫和阿赫玛托娃还到瑞士和意大利等地旅游。这是他们丰收的一年：除了诗集的面世外，他们的儿子也出生了。

可孩子生下才四个多月，古米廖夫就留下母子俩又去非洲旅行，这一次他担任了科学院组织的赴阿比西尼亚（即今埃塞俄比亚）和索马里的科学考察团团长。阿赫玛托娃又开始尝到孤独的滋味。她与古米廖夫似乎都是为诗而生的，不懂得要共同担起生活的担子。她意识到自己既不会成为古米廖夫所要求的好妻子，也不会成为一个好母亲，于是她将儿子交给婆婆抚育，既"失去"丈夫，又"失去"儿子。她潜心于诗歌创作，以此来驱除孤独和寂寞。1914年，她的第二部诗集《念珠》出版。《念珠》的出版，使她成为俄国最受欢迎的几个诗人之一。但是随之而来的是她与古米廖夫之间的情感裂痕开始扩大。

1914年7月，第一次世界大战爆发。一向具有爱国主义激情和建功立业思想的古米廖夫自愿参军。他英勇善战，屡建战功，很快从士兵升为少尉，并获两枚乔治十字勋章。他这期间创作的诗歌也富有战争的浪漫情怀和英雄主义的气概。而阿赫玛托娃对战争的爆发深感震惊，她说"我们一下衰老了一百年"。她对战争是反感、厌恶、仇恨的，诗歌创作的基调是痛苦、阴暗、悲观的。两人尽管还有通信而且也见过面，但两人的婚姻已接近破裂。1916年2月，阿赫玛托娃在皇村遇到艺术家安列普并爱上了他。她写爱情诗赠给他，其中一首名为《小诗》的作品还是暗含他的名字的贯顶诗。可是1917年之后，她就很少有他的音讯了，直到48年后的1965年，他们才得以重逢。

1917年5月，古米廖夫被调往设在巴黎的俄国驻西方考察团总部任职。在那里，他爱上了一个叫叶莲娜的俄法混血女郎，他把她比作"蔚蓝的星"，并在她的纪念册上写下一整本情诗。但是他付出的爱未得到回报，姑娘后来与一个美国人结了婚，并随夫到了美国。古米廖夫死后的1923年，写给叶莲娜的那一整本情诗在柏林出版，书名为《蔚蓝的星》。

1918年初，古米廖夫在伦敦结识了翻译中国古典诗歌的学者阿尔图尔·乌艾里，受其影响，也对中国古典诗歌产生了兴趣。他还进一步从法文转译中国古典诗歌，而且创作了有关中国题材的诗歌，如《中国之旅》《中国姑娘》等。

无独有偶，阿赫玛托娃对中国古典诗歌也有很大的兴趣，她在后来20世纪40年代翻译过屈原的《离骚》、李商隐的《夜雨寄北》和无题诗，还有李白的诗。

这时，以前认识的一个男友在阿赫玛托娃的印象中凸现出来，他就是著名的亚述学家兼诗人希列伊科。对20多岁的阿赫玛托娃来说，希列伊科头上似乎罩着一轮光环。他是一个天才的学者，在13岁左右就翻译了一篇用古埃及文字写成的文章。阿赫玛托娃认为，牺牲一点自己的爱好去成就希列伊科的事业，可以较好地解决她与古米廖夫的婚姻问题。她有点病急乱投医，急于想从古米廖夫的约束中解脱出来。1918年4月，古米廖夫回到俄国，阿赫玛托娃提出离婚要求，不久就正式办了离婚手续。两人是在友好和彼此尊重的基础上分手的。离婚期间的这一年6月，阿赫玛托娃还题签了自己的第三部诗集《白鸟集》赠给古米廖夫，题词说："心怀深深的爱，赠给我亲爱的朋友古米廖夫。"这年秋天，阿赫玛托娃与希列伊科结婚。第二年，古米廖夫与彼得格勒大学东方学教授恩格尔哈德的女儿安娜·恩格尔哈德结婚。

婚后，阿赫玛托娃才意识到，这一次匆忙的婚姻比第一次婚姻还糟。希列伊科要的是家庭型的妻子，而不是事业型的女诗人。他对阿赫玛托娃从事诗歌创作十分不满，甚至把她的诗稿扔进火中。他有一种控制欲和嫉妒心，这使阿赫玛托娃明白了爱情是不能与控制和嫉妒共存的。由于希列伊科的关系，阿赫玛托娃的诗歌创作减少，希列伊科的形象在阿赫玛托娃1921年创作的诗中是不佳的："对我来说，丈夫是刽子手，夫家是牢狱。"这时的阿赫玛托娃才体会到古米廖夫以前对她的种种言行并非是伤害她，古米廖夫到非洲游历时说，旅行对他的自我发展和自我解剖十分必要，这种"逃跑"并不意味着不再爱她。他与其他女人的关系根本不同于他与她之间的特殊关系。但她当时并不这么认为。而今她不得不承认，限制爱人的自由等于束缚他的"翅膀"。阿赫玛托娃与希列伊科的婚姻三年后就破裂了，但拖了十年，于1928年才解除婚约。

在第二次正式离婚前几年，阿赫玛托娃因感谢文艺理论家普宁频繁地来看望她这个孤独的病人，而对他产生了感情以至爱情。两人后来同居生活的时间最长，约 15 年，到 1938 年两人才结束了共同的生活，但仍有点若即若离，直到 1953 年初，普宁冤死在劳改集中营。

1921 年 8 月，阿赫玛托娃遭遇了人生的一次晴天霹雳。已成为朋友而不是丈夫的古米廖夫突然被逮捕遭处决，罪名是参与反布尔什维克的 61 人反革命集团，即"塔甘采夫事件"。

塔甘采夫是一位年轻有为的地质学家，他是被镇压的立宪民主党地下组织"民族中心"的重要成员，他领导了一个叫"彼得格勒战斗组织"的反苏维埃团体。他曾是彼得格勒大学教授、沙俄时期的参政员，古米廖夫是被一个叫贝尔曼的诗人介绍进"彼得格勒战斗组织"的。古米廖夫在 1921 年 8 月初被逮捕。最初古米廖夫未意识到问题的严重性，他写信告诉妻子在狱中还可以下棋、写诗等，他的学生和崇拜者还到肃反委员会转交物品给他。狱方有人对他也比较友好。他甚至对友好的看守还聊起他与被镇压了的沙皇一家的关系。他说皇后曾作过医护志愿者，到医院护理伤员，也看望了在医院疗伤的他。皇后的两个女儿也到医院来帮母亲的忙，她们美丽善良，与伤病员聊天，护理他们。古米廖夫在两个小公主的再三请求下，为她们朗诵了自己的诗作，同时还献给刚满 17 岁的小公主一首颂诗。这也许是对公主们的感谢，因为他在沙皇尼古拉二世家曾受到爱戴，几位公主对他的很多抒情诗几乎倒背如流。古米廖夫完全没有意识到，在他头上已戴着"反革命分子"帽子的情况下，居然还暴露他与布尔什维克的"头号敌人"沙皇一家的密切关系。在那个时代，只要正面提到被处决的"头号罪犯"尼古拉二世的名字，就是要被镇压的保皇派，就是犯罪。

古米廖夫被捕后，他所在的世界文学出版社及供过职的部门的工作人员想方设法营救他。出版社的同仁们到彼得格勒肃反委员会提交保释申请。但负责人是一个愚昧无知而又不讲道理的粗人，对人们提到的古米廖夫的名字，浑然不知，没有反应，尽管古米廖夫名声响亮，并已于 1921 年 2 月被选为全俄诗人协会彼得格勒分会主席，接替了刚刚逝世的勃洛克的职务。这些天真的作家和文学工作者告诉他被捕的是一位天才，是同勃洛克一样的大诗人，有关方面抓错了，应予保释。但营救失败了。

"塔甘采夫事件"破获后，列宁不止一次收到对此事件的申诉。他对个别人予以了宽恕，并指令予以释放。有人说，高尔基得知古米廖夫被捕后，十分担忧，表示"要想办法营救他"。他向列宁求情，列宁终于答应宽大处理。也有人说，对高尔基的求情，列宁没有给他面子。

此外，还有有关高尔基营救不力的传言。但札米亚京在《回忆高尔基》一文中这样写道："高尔基仍然为营救他而做了一切努力。据高尔基说，他已在莫斯科得到了保留古米廖夫性命的承诺，但彼得堡当局不知怎么了解到这种情况，就急忙立刻执行了判决。"处决古米廖夫这样的著名人物，肯定是执行布尔什维克党最高层的决定，这一点是无疑的。1987年诺贝尔文学奖得主布罗茨基在《哀泣的缪斯》一文中写道："诗人尼古拉·古米廖夫被秘密警察镇压，据说是国家的首脑弗拉基米尔·列宁直接下达的命令。"

古米廖夫就这样从快从重地被枪杀了。但是古米廖夫不愧为一条好汉。在整个严酷的刑讯中，在阴暗肮脏的牢房里，在押向刑场的卡车上，在令人窒息的刑场上，在笨拙而拖沓的刽子手的脚步声中，他一直颔首微笑，表现出大义凛然的气概。这就是古米廖夫，这就是诗人古米廖夫。

其实，从1921年9月1日《彼得格勒真理报》公布的古米廖夫的"罪行"来看，古米廖夫只是言论、思想和政见上的问题。尽管他与苏维埃政权有思想上的分歧，但他是一个真正的爱国者。十月革命爆发时，他正在巴黎，后被安排到流亡的"俄罗斯政府委员会"密码科工作。但他思念故土，难舍祖国，没有考虑回国后的风险，就于 1918 年春回到俄罗斯。在 20 世纪 80 年代担任苏联作家协会第一书记的卡尔波夫说，古米廖夫实际上并未写过反革命传单；至于他出于军官的义气，"答应"了什么，那也并不意味着已付诸实施。他与著名文艺理论家德·谢·利哈乔夫等人都明确指出，古米廖夫"没有写过任何反苏维埃的诗，一行也没写过"。可是这位 35 岁才华横溢的天才诗人就这样被无辜枪杀。

阿赫玛托娃对古米廖夫仍然是有感情的，她悲愤，把巨大的痛苦深埋在心底；她不满，把恐怖表现在字里行间。在古米廖夫被枪决的 1821 年 8 月 25 日后，她写下这样的诗句：

> 你已经不在人世间，
> 不能从雪地站起。
> 被刀扎了二十八处，
> 又被枪击了五处。
>
> 我为好朋友缝制了
> 一件痛苦的新衣。
> 俄罗斯的大地嗜好、
> 嗜好着斑斑血迹。

诗写得十分露骨。为了避免惹祸，她把这首诗的写作日期改为1914年。1921年的秋天在她的笔下成了痛苦的象征："泪痕满面的秋天，如一位寡妇/身穿黑色的衣服……"冬天，她去看望了儿子和古米廖夫的母亲。

人民并没有忘记古米廖夫。在他被冤杀的第二年，有胆识的出版社出版了他的诗集《身后集》和论文集。他的剧本《冈德拉》在彼得格勒上演获得巨大成功。演出结束时，观众欢声雷动，齐声高喊："我们要见剧作家，我们要见剧作家！"古米廖夫活在人们心中。但很快，《冈德拉》就被禁演，古米廖夫的所有作品也被禁止出版。阿赫玛托娃作为他离异了的妻子，列夫·古米廖夫作为他9岁的儿子，从此却开始了深重的灾难和坎坷的命运。

阿赫玛托娃与儿子相依为命，过着孤独、寂寞和清贫的生活。她发表作品变得很困难，但仍然写诗、译诗，后又开始研究普希金及其作品。儿子列夫·古米廖夫聪明好学，勤奋努力，品学兼优，是一个才华横溢的优秀青年。

可是，儿子在23岁时突然遭到逮捕。阿赫玛托娃遭到这沉重的一击，病倒了。在病稍好一点时，她就为营救儿子出狱奔走呼号。儿子终于出狱。可是没过多久，1938年，儿子被指控想刺杀苏共中央政治局委员日丹诺夫而第二次被捕。阿赫玛托娃的心被撕碎了，她怀着悲痛的心情到监狱探望儿子，并向苏共当局呼救。但她一次次失败。她为此写下感天动地的悲歌《安魂曲》："这是一个身患重病的女人，/这是一个孤苦伶仃的女人，/丈夫在坟墓，/儿子在监狱。"她绝望地向着儿子的监狱"哀号了十七个月，/呼唤你回家，/我匍匐在刽子手的脚下，/我的儿子啊，你使我担惊受怕"。组诗《安魂曲》是深刻揭露当时暴政和人类悲剧的力作，是对那个时代苦难生活的血迹斑斑的控诉。自然，这样的作品被苏联当局视为洪水猛兽。直到1987年诗人逝世21年后，这部作品才在《十月》和《涅瓦》杂志上发表。

阿赫玛托娃对儿子列夫的营救并未起到任何作用，儿子还是被判处死刑。直到后来判处她儿子死刑的人也遭到清洗，她儿子才被改判流放，后来终于获释。

列夫没有被暴政所击倒和吞噬，他回到学校发奋苦读，在磨难中成才。1948年秋，他进行博士论文答辩，请母亲参加。只是阿赫玛托娃认为自己的身份是"反革命分子"的前妻，自己又是"苏维埃的敌人"，她怕去参加会对儿子造成不利的影响，只得在家里默默地祝福儿子。儿子通过副博士论文答辩后，母子俩在家中过了一个盛大的节日，但却未盼来学位证书。直到1961年，列夫以《古突厥人》一书作为博士论文参加答辩，才获得历史学博士学位，他成为列宁格勒大学成果卓著的著名教授。此后，在俄罗斯思想学术界，他作为"最后一个欧亚主义者"的名声之大，并不逊色于他杰出的父母。1967年，55岁的列夫与莫斯科工艺美术家娜塔丽娅结婚。在过了23年较为平静的生活后，1990年他突患中风症，并引发其他疾病，于1992年6月病逝。但是，列夫的很多专著被反复重印，每逢他的生日，人们都要举行有关他的纪念活动和学术讨论会。这是后话。

儿子出狱后，阿赫玛托娃以为生活有了转机。但是再次让她悲痛欲绝的是，1949年儿子第三次被捕。阿赫玛托娃心力交瘁，几近崩溃，她气若游丝地喃喃自语道："我生下孩子难道是为了让他蹲监狱服劳役吗？"她就这样在悲痛中度过了四个年头。

1953年，斯大林逝世，形势有了好转，很多人都被从监狱里释放了出来。但儿子列夫却没有动静。这样苦挨到1956年2月苏共二十大召开。她在得知赫鲁晓夫的秘密报告后，立即前往莫斯科请苏联作协负责人法捷耶夫帮忙。法捷耶夫对她在1946年苏共中央决议中受到点名批判，而后又被意识形态主管日丹诺夫雪上加霜地谩骂记忆犹新。本来，据说斯大林还赞赏过她，在卫国战争初期，尚爱惜她这个人才，专门指示让她飞到后方躲避战乱。但几年后她却遭到残酷打压，令人莫名其妙。不过，人们很快猜度到一些原因：也许是英国首相丘吉尔公开表示喜欢她的诗，而且还传说丘吉尔想派专机把她接到英国去；而更主要的恐怕是她与著名自由思想家、出生于俄国而时任英国外交官的伯林的密切关系，伯林又专访过她。秘密警察报告斯大林后，斯大林还骂了"我们的修女还与英国间谍勾结"的话。这些就成了迫害她的口实。而拿法捷耶夫自己来说，他也曾对这个他视为"敌人"的女人落井下石，知道她过着地狱般的苦难生活。而今形势转变，她开始回到地面上，被恢复苏联作协的会员资格。法捷耶夫目睹了太多的黑暗和悲剧，晚年良心有所发现，于是在自杀前帮了阿赫玛托娃的忙。他写信给检察总长，请重审阿赫玛托娃的儿子的案件。儿子终因"犯罪事实不存在"而被释放出狱。列夫·古米廖夫前后坐牢三次，共计十几年，出狱时，已从一个翩翩青年变成了一个两鬓斑白的中年人。

1956 年，阿赫玛托娃被恢复名誉。1964 年，她在意大利被授予"埃特纳·陶尔明诺"国际诗歌奖。1965 年，她在英国牛津大学被授予名誉博士学位。1966 年，阿赫玛托娃与世长辞，终年 77 岁。她的诗歌成就得到俄罗斯和全世界的公认。俄罗斯著名诗人叶甫图申科在《缅怀阿赫玛托娃》一诗中说，她是"俄罗斯诗歌天空中的月亮"。联合国教科文组织把 1989 年定为"阿赫玛托娃年"。诺贝尔文学奖评选委员会前主席埃斯普马克在《诺贝尔文学奖内幕》一书中说：阿赫玛托娃是二战后诺贝尔文学奖疏漏的诗人之一，他说他只能事后诸葛亮般表示遗憾。

1986年，古米廖夫在诞辰100周年时，政治上得到平反昭雪。一时间，掀起了一股"古米廖夫热"。五年后，1991年9月，古米廖夫又在法律上得到平反。俄罗斯最高法院刑事庭针对最高检察院的抗诉召开会议，重新对古米廖夫一案作出判决："撤销1921年8月24日彼得格勒肃反委员会对古米廖夫的决定，该案因缺乏犯罪要素而终止。"紧接着，第二年秋，最高检察院对"塔甘采夫案件"也抗诉成功，所有涉案人员"因其行为缺乏犯罪要素"而予以平反。至此，"塔甘采夫案件"终于翻案。乌云挡住了太阳七十年，而今云消雾散，人们见到了晴天。

人们怀着敬意，对古米廖夫寄托哀思。但找不到他的坟墓，也找不到他的尸骨。不过，他如今享有崇高的荣誉：他是俄罗斯"继莱蒙托夫之后最伟大的浪漫派诗人"，"不提及古米廖夫，不提及他的诗，不提及他对俄国诗歌的评论著作……就无法撰写20世纪的俄罗斯诗歌史"。

曼德尔施塔姆：

因诗获罪，遭逮捕流放而瘐死狱中

我们活着，感觉不到自己的国家，

我们说话，声音传不到十步之遥，

哪里只要有一星半点儿闲话，

就会把克里姆林官山民想到。

他的粗胖的手指像蛆虫那样肥腻，

他的谈话像沉重的秤砣那样精准，

那蟑螂般的大眼睛含露讪笑，

而他的皮靴筒则擦得亮铮铮。

他周围麇集着一群细脖子的头目，

他玩弄着这帮半人半妖的喽啰，

有人打口哨，有人学猫叫，有人在抽泣，

只有他粗声大气，指指戳戳。

他发出的一个个命令像钉马蹄铁，

一个钉鼠蹊，一个钉脑门，一个钉眉心，一个钉
眼睛。

他判的死刑，那是马林甜果，

反而显示出奥塞梯人的宽广胸襟。

　　这是 1933 年接近年底时，一位瘦弱的俄罗斯诗人在一次小型的聚会上朗诵的一首讽刺诗《我们活着，感觉不到自己的国家》。这首诗注定要惊骇于苏联文坛并彪炳于世界文学史。因为它的矛头指向当时苏联最位高权重的统治者——斯大林，这是斯大林执政近三十年中绝无仅有的事。听了这首诗的文朋诗友们吓得心惊肉跳，面无人色，一再要求这位瘦弱的诗人以后不要再朗诵这首诗和提及这次朗诵，要他把这一切彻底忘掉。诗人本来十分兴奋，也很高兴，因为他把多年受压抑而对现实的不满，痛痛快快地发泄了出来，而且把人们想说而不敢说的话说了出来。朋友们吓人的告诫和胆寒的模样，让他好像一下子掉进了冰窟。他也开始觉得不妙。告别时，大家面面相觑。

　　这位大胆异常、敢于直接讽刺斯大林的诗人是谁呢？

　　他就是俄罗斯白银时代著名的诗人之一，曼德尔施塔姆。曼德尔施塔姆被 1987 年获诺贝尔文学奖的布罗茨基认为是比他更有资格获诺贝尔文学奖的诗人，是"俄国

20 世纪最伟大的诗人"。

　　曼德尔施塔姆1891年出生在一个犹太裔皮革商的家庭。他读中学时就喜欢诗歌、音乐和戏剧，最爱读赫尔岑等人的作品。他从小跟随父亲到过芬兰和波罗的海几个国家，在彼得堡上中学和大学，还在法国和德国学习和研究过文学和哲学，精通和掌握法语、德语、英语、意大利语、希腊语、亚美尼亚语等多种外语。曼德尔施塔姆1910年发表处女作，1913年出版第一本诗集《石头》，立即得到俄罗斯著名诗人的好评和广大诗歌爱好者的欢迎。而在此之前，他已加入以古米廖夫为首的现代主义的阿克梅派，成为该派重要的诗人和理论家。20 世纪20年代是诗人创作的旺季，他出版了很多诗集、散文、小说和理论著作，很快便成为俄罗斯最杰出的几个诗人之一。曼德尔施塔姆的诗富有像雕刻般完美的格律和韵致，诗句节奏鲜明，极富乐感。人们说他的诗是"诗中的诗"，是"潜在的文化金字塔"。象征派著名诗人别雷称他是"所有诗人中最诗人化的一位"。天才诗人叶赛宁称他是"天生的诗人"，说"有了他的诗，我们还写什么呢"。这些赞誉，对曼德尔施塔姆来说是一点也不为过的。他的诗是俄罗斯诗坛的一道奇观，包括他早期的诗作亦然，例如《沉默》：

她还没有来到人间，
她是音乐也是词语，
因此是一切生命的
无法割裂开的联系。

海的胸脯静静呼吸，
白昼像疯子般闪光，
深蓝色的玻璃瓶中，
开着泡沫的白丁香。

但愿我的嘴能获取
最原始的那种沉默，
犹如水晶般的音符，
一诞生就晶莹澄澈。

留下泡沫吧，爱与美的女神，
让词语返回到音乐，
让心愧于心，并且
与生命的太初融合。

从这里可以看出曼德尔施塔姆来自象征主义的阿克梅派的些许风格。他的诗庄重典雅而又玲珑剔透，抒情状物精确简练，韵律优美考究，极富表现力。但他最重要的主题应该是他以人为本的那些诗句：

> 永垂不朽的不是罗马，
> 而是人在宇宙中的位置。

> 帝王们企图把它统治，
> 牧师们为战争寻找根据，
> 没有人，房屋和祭坛，
> 如肮脏垃圾，只遭鄙弃……

曼德尔施塔姆以人道主义、人本理念作为评判历史和时代的最终标准，使他在十月革命后不容于统治者的大一统思想，这是导致他苦难和惨剧的主要原因；当然，这当中，性格因素也不能排除，他从来都不善于保护自己。

曼德尔施塔姆身材矮小，体弱多病，性格怪异，神经敏感。他言行幼稚，常常露出一副憨态可掬的样子，逗得人们不得不发笑。他生活难以自理，为人处世能力很差，在社会生活各种复杂的关系面前，常常像儿童那样无所用心地简单随意处理，被认为有心理疾患。他没有任何虚伪和矫饰，只有真诚和坦率，从来不会藏拙，不善于保护自己。他虽然十分胆小怕事，但失去控制时，又勇猛如狮虎。他为了捍卫他认定的真理，坚持他的哲学观点和诗歌理念，会表现出常人远远不及的大智大勇。他的好朋友爱伦堡对他的评价是："生活上轻率，艺术上严格。"像他这样不合时宜且性格怪异的知识分子，除了有与其他知识分子一样遭打压的命运外，还要多受牢狱之苦。

十月革命后的苏俄经济衰退，社会不稳定，人们吃不饱穿不暖。曼德尔施塔姆与不少知识分子一样，没有正式工作，没有固定收入，连固定住房也没有。他的生计，一是靠给高尔基和卢那察尔斯基主持的出版机构提供不需发表的译稿，获取微薄的稿酬；二是靠文朋诗友们的接济。由于他的异端思想，十几年中，在苏维埃政权下，除出版过一本散文集外，再没有出版过其他作品，可见以稿费为生的他生活之艰难和穷苦。但就是在如此贫困和多病的情况下，不少女性仍喜爱他，其中一名叫娜杰日达的姑娘与曼德尔施塔姆恋爱结婚。这位体质不佳但精神坚强的女性，一直伴随着曼德尔施塔姆度过了艰辛和苦难的一生，共19年。在曼德尔施塔姆死后的42年中，她一直作为他的遗孀而生活着。她为了使丈夫的诗歌不至湮灭于帝国的专制中，日日夜夜背诵着丈夫的诗句，直到烂熟于心，以致她后来写作时自然而然地就带上了曼德尔施塔姆的风格。曼德尔施塔姆死了，他的诗却在她的心中存活下来。她为后人留下了一部十分珍贵的回忆录。布罗茨基高度评价曼德尔施塔姆夫人："奥西普·曼德尔施塔姆在帝国的大火中被焚为灰烬，而他并未消失，他的力量在妻子的精神中存贮下来，它是无穷的，可以使一个垂垂老矣的老妇人像一块仍蕴藏着绵绵热力的炭一样灼人。"

十月革命后，一些出生入死的女革命家摇身一变成了贵妇人。她们与自己的丈夫天天享用鸡鸭鱼肉甚至山珍海味，而作家们与普通老百姓却忍饥挨饿。在这样艰难的日子里，她们有时也附庸风雅，与作家交朋友，并常常宴请那些饥肠辘辘的作家。有一次，曼德尔施塔姆与另一诗友接到他认识的一个叫莱斯纳的贵妇人的宴请。曼德尔施塔姆走进贵妇人的大厅后，立即就发现一个他认识的全俄肃反委员会的骨干分子勃留姆金。曼德尔施塔姆侧过身去，在一张桌子边坐下，大吃大喝起来。吃饱喝足这一桌丰盛的美味佳肴后，曼德尔施塔姆不经意间用眼扫了一下侧后面的勃留姆金。这时，那家伙可能有点醉了，突然从身上拿出几张签过字的空白逮捕证来。在这样的逮捕证上只要在空白处写上谁的名字，谁就会被逮捕。只见勃留姆金边响应着同桌"干杯!""干杯!"的吆喝，边掏出钢笔，并叫喊道："我填了那家伙的名字，逮捕他，枪毙他，再干杯!"如此兴之所至、随心所欲地逮捕一个人，一下子令曼德尔施塔姆愤怒起来，他全身急剧地抖动，神经一下失去控制，像猛虎下山一般朝着勃留姆金扑去，并立即抓过逮捕证，撕了个粉碎。待勃留姆金回过神来，曼德尔施塔姆已跑出大厅，消失得无影无踪。勃留姆金恨得牙齿咬得咯嘣响，准备收拾曼德尔施塔姆。曼德尔施塔姆冷静下来后，知道闯下杀身之祸，不敢回居所，因为勃留姆金会带人来搜捕他。他只得忍着寒冷在街上流浪一夜，并思考如何自救。第二天，他找到莱斯纳，请她帮忙，因为莱斯纳和她的丈夫同克里姆林宫关系密切，而且与全俄肃反委员会的负责人捷尔任斯基熟悉。莱斯纳喜欢以作家的保护人自居，这时有这个机会向文学界和知识界展示这一作家保护人的面目，何乐而不为呢？于是，她带着曼德尔施塔姆见了捷尔任斯基，并说勃留姆金的举动损害了全俄肃反委员会的形象，她还为曼德尔施塔姆辩护了几句。令曼德尔施塔姆吃惊的是，捷尔任斯基不但没有指责和为难他，反而肯定他，说他"做得对"，并说他的那个部下勃留姆金"应该枪毙"。可后来事实证明，捷尔任斯基还是庇护他的部下的，他说"应该枪毙"，只是说说而已，甚至在勃留姆金暗杀了德国驻俄国大使这一令列宁极为恼火的事件后，他也没有将其枪毙。不过，捷尔任斯基对曼德尔施塔姆的话还是兑现的：曼德尔施塔姆未遭到逮捕，更没有遭枪杀。

　　但是，曼德尔施塔姆躲过这惊心动魄的一劫后，却躲不过以后的一次次灾难，直到招来杀身之祸。20年代初，曼德尔施塔姆因买一个鸡蛋后，又将该鸡蛋连同身上的钱换糖吃而遭逮捕，原因是换糖吃的鸡蛋在原价基础上加了1卢布。在苏俄实行战时共产主义的经济政策时，这是不允许的。曼德尔施塔姆以投机倒把罪被关了起来。在这前后，曼德尔施塔姆在乌克兰被白军误认为是布尔什维克的特务而遭逮捕，全靠他的诗友前来证明他的身份，并作保，他才走出牢狱。曼德尔施塔姆自认倒霉，不想在乌克兰再待下去，于是前往彼得堡。不料，福无双至，祸不单行，他在路上又被孟什维克当成白军和布尔什维克的双料间谍，被逮捕并关起来。当地诗人们闻讯后感到十分可笑：迂腐加幼稚的著名诗人曼德尔施塔姆竟会是双料间谍？他们再次把他保了出来。曼德尔施塔姆出狱后，没有作任何准备就赶往彼得堡。他怀揣白军占领区的证件，在半夜到达彼得堡。这时，他只想到自己又冷又饿，全然没有想到别人怎么样。他就这样半夜三更去找诗友盖·伊万诺夫。他敲了半天的门，没有人应声。在恐怖的年代，半夜敲门怎不令人心惊肉跳呢？也许是盖·伊万诺夫要处理一些不合时宜或不能公开的东西。待他去开门时，曼德尔施塔姆已因冷饿而晕倒在门口。盖·伊万诺夫用热腾腾的茶点将曼德尔施塔姆喂醒后，才知道他带的证件是白军占领区发的，可曼德尔施塔姆对此竟懵然无知。盖·伊万诺夫看着傻模傻样的曼德尔施塔姆，只好让他天亮后马上去找卢那察尔斯基办一个新证件，并把老证件毁掉。这样，曼德尔施塔姆在诗友的帮助下才避免了又一次坐牢。

曼德尔施塔姆就是这样一个人：在诗的天地里，他是一个天才；在生活中和社会上，他是一个低能儿。他完全不懂得虚假，不懂得伪装，不懂得保护自己，而且不会吃一堑长一智。因此，他最终闯下了比撕掉勃留姆金逮捕证更大的祸——写诗讽刺斯大林。这是真正的杀身之祸。

曼德尔施塔姆在朗诵了讽刺斯大林的诗后差不多半年左右，因人告密而遭逮捕。逮捕令是操有人们生死大权的内务人民委员亚戈达签发的。这一案件震惊了苏联文学界，一时恐怖笼罩苏联文坛，作家们感到人人自危。但很快，俄罗斯文学和作家为民请命的光荣传统顽强地表现了出来。不少作家开始为曼德尔施塔姆鸣不平，并为营救他而呼吁和奔走。这其中，曼德尔施塔姆的好友、阿克梅派最重要的女诗人阿赫玛托娃，和曼德尔施塔姆的朋友、未来派最重要的诗人帕斯捷尔纳克，对他的营救最为积极。两位营救者自身也是难容于苏维埃政权的，他俩是冒着与所谓反革命分子沆瀣一气的风险和处于可能遭逮捕的境况来开展营救的。

阿赫玛托娃想方设法通过文艺界朋友的引见，认识了中央执委书记叶努基泽的秘书，又通过这位秘书拜访了叶努基泽。叶努基泽是斯大林周围的权势人物，阿赫玛托娃请叶努基泽在斯大林面前为曼德尔施塔姆说情。

帕斯捷尔纳克与曼德尔施塔姆的关系，不如曼德尔施塔姆与阿赫玛托娃那么密切。帕斯捷尔纳克对曼德尔施塔姆的诗和散文十分推崇，曼德尔施塔姆对帕斯捷尔纳克的诗也十分喜爱，而且专门写有评价帕斯捷尔纳克诗歌的文章。两人几乎同时结婚，两人的妻子都是画家，两家均较穷困，爱好也很接近。帕斯捷尔纳克不怕危险，登门安慰曼德尔施塔姆的夫人娜杰日达，并问她可以为她办什么事。娜杰日达非常感谢帕斯捷尔纳克不顾个人安危来看望她。她不想给帕捷尔纳克添麻烦，但曼德尔施塔姆的被捕又使她痛苦不已，她犹豫再三后，试着建议帕斯捷尔纳克去找一下苏联中央执委前委员和联共（布）中央政治局前委员、现苏联最高国民经济委员会委员和《消息报》总编辑布哈林。布哈林与文学界人士有良好的关系，工作作风平易近人，没有领导人的架子。曼德尔施塔姆曾为营救弟弟的事找过布哈林，布哈林当即打电话给捷尔任斯基，请他接见曼德尔施塔姆听其陈述有关弟弟的情况。这一次，曼德尔施塔姆被捕后，娜杰日达也找过布哈林。帕斯捷尔纳克也决定去找布哈林再试试。布哈林十分欣赏帕斯捷尔纳克的诗，也熟悉帕斯捷尔纳克，并且与之还有交往。布哈林确实爱惜帕斯捷尔纳克的诗才，在三个月后召开的第一次全苏作家代表大会上，布哈林当着全体作家和文化官员的面，高度评价帕斯捷尔纳克是"我们当代的诗歌巨匠"。这是后话。帕斯捷尔纳克首先出于爱才，其次才出于友谊，毫不犹豫地去见了布哈林。他说："曼德尔施塔姆是一位大诗人，不能因一首愚蠢的诗就把他送进监狱。"布哈林也许不一定知道曼德尔施塔姆写了一首讽刺斯大林的诗，他承诺一定要解救曼德尔施塔姆。帕斯捷尔纳克留给布哈林一纸表明自己看法的材料。布哈林在帕斯捷尔纳克的材料上写下了请求减轻对曼德尔施塔姆的惩罚和帕斯捷尔纳克为曼德尔施塔姆被捕一事感到极为不安等句子，然后报给斯大林。

这个书面材料真的起了作用。1934年6月末的一天，帕斯捷尔纳克所在的公共住宅的走廊里的电话响了，女邻居接过电话，告诉帕斯捷尔纳克是克里姆林宫打来的。他开始以为是什么人在开玩笑，就把电话挂了。但电话又立即打了过来，他这才意识到是直接在与最高领导人通话。他马上欣喜地告诉斯大林：他知道这一刻总有一天会到来的，希望能拜见领袖，与他谈论生与死的终极问题和俄国的未来。斯大林打断他的话，用带格鲁吉亚腔的俄语问候了他两句后，单刀直入地问他曼德尔施塔姆朗诵诗时他在不在场。帕斯捷尔纳克含糊其辞，斯大林逼问他：

"曼德尔施塔姆是不是一位伟大的诗人、一位大师？"

"这不是关键，诗人理应得到相应的对待……"帕斯捷尔纳克回答说。

"您为什么不为曼德尔施塔姆的案件去找苏联作协或找我本人呢?"斯大林又突然问道,"如果我是曼德尔施塔姆的朋友,我会不顾一切地去营救他……"

"作协从1927年起就不管这类事了。"帕斯捷尔纳克回答说,"如果我不帮助他,您大概还不一定知道这个案子。"

随后,斯大林说曼德尔施塔姆还在审理中,一切都会顺利进行。帕斯捷尔纳克说邻居们都从门里探出头来,不方便说话,能见一面就好了。斯大林没有回答他,就不客气地把电话挂了。

帕斯捷尔纳克不知道这种电话应不应该保密,就主动给斯大林打电话。接电话的是斯大林的秘书波斯克列贝舍夫,后者让帕斯捷尔纳克自己看着办。

斯大林给帕斯捷尔纳克打电话成了轰动一时的新闻。人们觉得是领袖对作家的关心。当时,苏联作协正在筹备,以前对帕斯捷尔纳克不理睬的人态度一下变了,甚至帕斯捷尔纳克进作协餐厅吃饭,服务员也来为他脱大衣。如果他请某位生活困难的作家吃饭,作协负责人还表示愿意为他买单。

不久,曼德尔施塔姆被释放,这次他被关了半个多月。他被判流放至契尔登市,妻子将陪同他前往。这时,他因受刺激,神经已不正常。他到契尔登市一家疗养院后,有一次竟翻出窗户跳下企图自杀，摔断了肩胛骨。后来，经文朋诗友们的再次说情，他被内务部批准迁往气候温暖的更大的一个城市沃罗涅日。这已经是很轻的处罚了。看来，布哈林、帕斯捷尔纳克、阿赫玛托娃和其他参加营救曼德尔施塔姆的朋友们的努力没有白费。曼德尔施塔姆的夫人娜杰日达一生都感谢布哈林和帕斯捷尔纳克等人。当然，物质生活仍十分贫困，他们住在没有暖气的房间里，处于食不果腹的状态中。1934年夏，爱伦堡到沃罗涅日探望了曼德尔施塔姆；流放期满后的1938年春，爱伦堡在莫斯科又看望了他，并脱下身上的皮夹克给他，他一直穿在身上，直到被押到海参崴劳改营。1936年早春，阿赫玛托娃也到沃罗涅日探望了曼德尔施塔姆。爱伦堡和阿赫玛托娃等人自身也十分困难，但在力所能及的范围内对曼德尔施塔姆夫妇的生活均有所帮助。在沃罗涅日，曼德尔施塔姆仍顽强地坚持写作，写出了他逝世28年后才得以出版的诗集《沃罗涅日笔记》等作品。这部诗集写于1935年到1937年，那是在常人难以忍受的恶劣环境和受尽虐待的状况下写出的。这从曼德尔施塔姆1937年初写给丘科夫斯基的一封信中可以看出："一个患了严重精神病（更确切地说，是一次悲惨而筋疲力尽的疯狂）的男人在身体受损的情况下回去工作，并且是刚刚在这场大病之后，在一次企图自杀之后。……我急匆匆进入我的工作。为此我被殴打，遭冷遇，接受道德审判。我照样工作。我放弃一切自尊。我觉得我还被允许工作真是一个奇迹。我觉得我们整个生命都是一个奇迹。经过一年半之后，我病弱不堪。大约在这个时候，虽然我没有再做错任何事，但是我的一切都遭剥夺：我生活的权利，工作的权利，治疗的权利。我被当成一只狗、一只劣等狗……我是一个影子。我不存在。我只有死的权利。我妻子和我正被逼向自杀。求助于作家协会是没有用的。他们对整件事袖手旁观。"

曼德尔施塔姆流放期满后没有工作，居无定所，他与妻子生活非常艰难困苦。尽管他得到莫斯科和列宁格勒等地一些作家和朋友的接济，但不能解决根本问题。他在万般无奈的情况下，顾不得以前信中说的"求助于作家协会是没有用的"那句话，硬着头皮写了一封信给作家协会总书记斯塔夫斯基，请他过问一下国家文学出版社先向他约稿后又毁约一事，因为曼德尔施塔姆要靠出版社约请他翻译书稿获取稿酬，来维持最低限度的生活。

善良而没有心计的曼德尔施塔姆哪里会想到，他所求助的斯塔夫斯基与另一个作家巴甫连科在他从流放地回来后，就暗中注意着他的言行，并故意在他的诗作上挑毛病，特别是吹毛求疵地评价他写的赞美斯大林的诗，说写得佶屈聱牙，不庄重，不严肃，有损于领袖的光辉形象等等。斯塔夫斯基用诬告信的方式将曼德尔施塔姆密告到内务人民委员叶若夫那里（前内务人民委员亚戈达刚被处决不久，同时被处决的还有受人爱戴的布哈林以及其他人），而且重提曼德尔施塔姆的那首讽刺诗，同时还把巴甫连科诋毁曼德尔施塔姆诗歌的密告信一同寄上。这时，在抄布哈林的家时抄出了曼德尔施塔姆写给"人民的敌人"布哈林的信和他给布哈林的签名赠书。这对曼德尔施塔姆来说，更是雪上加霜。1938年3月，曼德尔施塔姆被逮捕并被判劳改。

1938年9月7日，曼德尔施塔姆被押往靠近中国边境的万里之遥的海参崴。路上一个月，他被折磨得死去活来。到达海参崴时，他已憔悴不堪，瘦骨嶙峋，精神又开始失常。在劳改队中，他因精神失常而导致的异常言行遭到一些人的辱骂甚至殴打。他不吃看守人员分发的食物，这倒不是因为食物粗糙难以下咽，而是他觉得有人要害他，食物有毒。他饿得挺不住了，有时竟到垃圾堆去寻找食物。这时，他的精神病越来越严重，他变得形销骨立，蓬头垢面。可他却不忘对着狱友们朗诵他的诗作，这惹得一些人到处驱赶他、辱骂他。不过，并不是所有的人都欺负他。劳改队的医生和一部分政治犯、刑事犯同情发病的曼德尔施塔姆。他们见到曼德尔施塔姆被欺负时就来帮忙，有的医生还减轻他的体力活，增加他的口粮，一些囚犯还常常把自己的食品给他吃，不然他早就饿死了。但是，这只能暂时维持曼德尔施塔姆的生命。他本已衰弱到极点的身体和完全崩溃的精神哪里经得住劳改队的摧残。1938年12月27日，曼德尔施塔姆终于倒下了，他死于非人的折磨导致的疾病、饥饿和疯狂。一位狱友回忆道："……我们被押到浴室洗澡，但没有水。让我们脱掉衣服，衣服被拿去烘烤，我们就等着烘好的衣服。天很冷。这时，两个脱光衣服的人突然倒下了。看守人员立即跑过来，掏出两块小木片，用绳子把小木片系在倒下的这两个人的脚趾上。其中系在一个皮包骨头的人的脚趾上的那块小木片上写着：'奥西普·曼德尔施塔姆，反苏宣传罪。劳改十年。'然后在两具尸体上倒上氯化汞。"

曼德尔施塔姆死后一个月零三天，他的夫人娜杰日达收到了一个退回的包裹，那是多日前她寄给曼德尔施塔姆的。她从这一天起才知道她亲爱的丈夫已经永远地离开了她。令她刻骨铭心的这一天还有另一面：卑鄙的告密者巴甫连科在这一天获得了国家最高荣誉奖章。这是文明的耻辱，也是对人类良知的嘲弄。

曼德尔施塔姆可敬可爱的妻子悲痛万分，但她只能通知几个特别知心的朋友，秘密地悼念曼德尔施塔姆。而这比起成千上万人的悼念活动来是更为感人和更为有力的。曼德尔施塔姆在国外的朋友也为他举行了悼念活动，并写了追悼他的文章。

随着岁月的流逝，社会进步终将纠正违反人类良知的丑行。1956 年，曼德尔施塔姆在 1938 年的第二次被捕被平反，但在 1934 年的第一次被捕未能平反。人们迷惑不解并愤愤不平。原来，如果为第一次被捕平反，则当时对曼德尔施塔姆施以酷刑的材料将公之于众，这于苏联克格勃和苏联当局不利。但历史前进的步伐是不能阻挡的。1987 年，曼德尔施塔姆在 1934 年的第一次被捕也终于被平反。克格勃折磨曼德尔施塔姆等作家的罪行也被揭露出来。人们痛恨告密者和克格勃。

曼德尔施塔姆和他的在天之灵在苏联所遭受的漫长苦难结束了。而在这几十年之中，曼德尔施塔姆在西方却一直享有盛誉，备受推崇。早在 20 世纪 60 年代，美国的俄苏文学专家马努埃尔·拉伊斯在欧洲作俄罗斯诗歌的学术报告时，有人问他："在您提到的诗人中，谁最优秀？"拉伊斯回答道："曼德尔施塔姆！"而且，诺贝尔文学奖评选委员会前主席埃斯普马克在《诺贝尔文学奖内幕》一书中坦陈：在诺贝尔文学奖的种种遗憾中，曼德尔施塔姆未获奖无疑有损于瑞典文学院的荣誉。

1991 年是曼德尔施塔姆诞辰 100 周年。这一年被定为"曼德尔施塔姆年"。苏联举行了盛大的纪念曼德尔施塔姆的活动，他的诗集和其他作品大量出版，一时掀起一股"曼德尔施塔姆热"。

图书在版编目（CIP）数据

钟摆下的歌吟：阿克梅派诗选／（俄罗斯）古米廖
夫，（俄罗斯）阿赫玛托娃，（俄罗斯）曼德尔施塔姆著；
杨开显译. — 北京：北京十月文艺出版社，2013.6
ISBN 978-7-5302-1292-9

Ⅰ . ①钟… Ⅱ . ①古… ②阿… ③曼… ④杨… Ⅲ .
①诗集—俄罗斯—现代 Ⅳ . ①I512.25

中国版本图书馆 CIP 数据核字（2013）第 043883 号

钟摆下的歌吟
——阿克梅派诗选
ZHONG BAI XIA DE GE YIN
[俄] 古米廖夫 阿赫玛托娃 曼德尔施塔姆 著 杨开显 译
*
北 京 出 版 集 团 公 司
北 京 十 月 文 艺 出 版 社 出版
（北京北三环中路 6 号）
邮政编码：100120
网址：www.bph.com.cn
新 经 典 文 化 有 限 公 司 发 行
新 华 书 店 经 销
北京彩虹伟业印刷有限公司印刷
*
787×1092　　32 开本　　7 印张　　160 千字
2013 年 6 月第 1 版　　2013 年 6 月第 1 次印刷
ISBN 978-7-5302-1292-9
定价：28.00 元
质量监督电话：010-58572393